KB050506

마졸귀환록 11

초판 1쇄 인쇄일 2015년 7월 24일 ㅣ **초판 1쇄 발행일** 2015년 7월 28일

지은이 주작 ㅣ **펴낸이** 곽중열 ㅣ **담당편집 팀장** 이범수
편집부 신연제 이윤아 김호성 김은경

펴낸곳 (주)조은세상 ㅣ 출판등록 제 2002-23호
주소 경기도 연천군 미산면 청정로 1355
TEL 편집부 02)587-2966 ㅣ FAX 02)587-2922
e-mail bukdu@comics21c.co.kr

ⓒ주작 2014
ISBN 979-11-5832-190-1 ㅣ ISBN 979-11-5512-578-6(set) ㅣ 값 8,000원

마졸른 귀환록

11

주작 판타지 장편소설

NEO FANTASY STORY

북두
(주)조은세상

CONTENTS

#1. 마경(魔境)

#1. 마경(魔境)

그것은 갑작스럽게 피어났다. 순식간에 피어오른 검은 연기는 거짓말처럼 하늘을 가득 메웠고, 눈 깜빡할 사이에 수도 전역으로 퍼져나갔다.

"으음…."

"지금이라도 돌아가는 게 어떨까요?"

"이미 늦었어."

금각과 은각 그리고 대성은 일제히 침음성을 흘리며 저 멀리 보이는 수도의 하늘을 눈에 담았다.

찬란한 빛의 영광이라고도 불릴 만큼, 매 순간 밝음으로 가득 차 있어야 할 대 제국 칼레이드의 수도가 짙은 어둠에 물들어 있는 게 보였다.

한 눈에 기운의 주인을 알 수 있었다. 때문에 바람처럼 내달리던 그들의 신형에 제동이 걸린 것이기도 했다.

"끄응⋯."

저 검게 물든 기운 속에서, 앓는 소리가 절로 나올 정도로 무시무시한 분노가 느껴졌다.

"온다. 준비해!"

대성의 경고가 있고, 저 멀리 수도에서 하나의 점이 급속도로 확장되는 것이 눈에 들어왔다.

천마!

검은 빛 기운의 근원이며, 그들이 따르는 단 한명의 주인이 날아들고 있었다.

꽈드드득!

먼저 움직인 건 대성이었다. 근육이 팽창하다 못해 터져나갈 정도로 부풀어 오르는가 싶더니, 이내 한 줄기 뇌전이 되어 전방으로 쏘아져나가는 것이 아닌가.

"젠장!"

금각과 은각이 일제히 욕짓거리를 입에 담으며 그 뒤를 따랐다.

이내 천마와 대성이 먼저 마주쳤다.

꽈르르르르릉!

거대한 천둥성과 함께 사방으로 거친 폭풍우가 몰아치기 시작했다.

둘의 거친 박투에 주변 일대가 몸살을 앓는 사이, 금각과 은각이 기척을 죽이면서 천마의 등 뒤로 돌아갔다.

 대성과 천마의 손이 얽혀들고, 그의 사각에 틈이 생겼다고 여겨진 순간, 금각과 은각이 손을 뻗었다. 삐죽 솟아나온 손톱이 단검처럼 늘어나며 목표물의 등을 노리는 찰나, 천마의 발이 움직였다.

 빠박!

 둔탁한 타격음과 함께 금각과 은각이 길게 선을 그리며 튕겨져 나갔다. 동료가 당했다면 충분히 당황할 법도 하나, 대성은 오히려 그 틈을 기회로 삼으며 더욱 거칠게 공격을 몰아쳤다.

 이에 호응하듯 천마 역시도 더욱 거칠게 손을 뻗었다.

 쫘르르릉!

 천둥성이 울리고 번개가 쳤다. 검은 뇌전이 대지를 가르며 깊고 길게 선명한 자국을 남기는데, 그 힘이 다한 자리로 대성이 모습을 드러냈다.

 "커허어억!"

 마치 한계까지 숨을 참았다가 한 번에 뱉어내기라도 하듯, 거칠어진 호흡성과 함께 한줄기 핏물이 그의 입술을 타고 흘렀다.

 그런 그의 모습을 멀찍이서 바라보던 천마가 양 손을 가볍게 털며 말문을 건넸다.

"제법이야. 건방지게 달려들 줄도 알고."

이에 대성이 핏물을 닦아내며 답했다.

"기분은 풀리셨습니까."

이에 천마 역시도 가볍게 실소하며 고개를 흔들었다. 이에 대성 역시도 웃었다. 일종의 자진납세라 할 수 있었다.

말로는 그들을 타박했으나, 마계에서의 생활이 이와 같았기에 오히려 이들의 행동으로 기분이 풀린 것이다.

사실, 이들을 찢어죽일 듯 달려들기는 했으나, 애초에 그 정도로 분노하고 있던 것도 아니었다.

대성의 성격을 알기에 어느 정도는 짐작했던 부분이기 때문이다.

'결국… 삼장이 잘 해줘야겠군.'

단지, 걱정이 되는 건 눈앞의 대성이 아닌 등 뒤의 둘이었다.

'저놈들까지 끌고 올 줄이야.'

한 차례 더 고개를 흔든 그가 대성을 향해 물었다.

"언제쯤이면 힘을 회복할 것 같냐?"

이에 대성이 가슴을 두드리며 말했다.

"명령만 내려주신다면, 지금 당장이라도 회복하겠습니다."

그 자신만만한 태도에 가볍게 웃어 보인 천마가 금각과 은각을 향해 물었다.

"너희들은?"

한 차례 어색하게 웃은 그들이 조금 전 일격을 맞았던 가슴을 쓰다듬으며 말했다.

"얼마 안 걸릴 겁니다."

상당한 확신이 담긴 그들의 이야기에 천마가 슬쩍 의문을 내비쳤다.

"너무 자신만만한데?"

"오는 길에 전쟁지역을 거쳐서 왔습니다.

금각의 답변에 천마가 눈을 반짝였다. 이들의 근원에 대해 상기한 것이다.

마족!

전쟁지역을 통해 그곳에서 피어나는 어둠을 삼킬 수 있음을 알았다. 하지만 그렇기에 경고해야만 했다.

"예전에도 말한 걸 기억하나?"

천마의 물음에 금각과 은각 그리고 대성이 옛 기억을 떠올렸다.

〈그건 잡스러운 기운일 뿐이다!〉

확실히 맞는 말이었다. 몸이 회복되면 회복될수록 느낄 수 있었다. 전쟁 중에 발산되는 어둠의 마기는 결코 순수하지 못했고, 그런 이유로 힘의 농도가 전에 비해서 취약하다는 걸 깨닫고 있었다.

"기억하고 있습니다."

대성이 그 말과 함께 기운을 한껏 드러냈다.

한 눈에 봐도 칠흑 같은 어둠이 그를 중심으로 주변을 잠식해 들어가는 게 보였다. 이에 천마가 고개를 끄덕였다.

"구분할 줄 알게 됐구나."

"흐흐! 제가 몸으로 하는 건 제법 하지 않습니까."

대성이 이를 드러내며 하얗게 웃는데, 금각과 은각은 저도 모르게 팔뚝을 긁었다. 저 모습이 일종의 '애교'라는 걸 아는 까닭이었다.

유일하게 천마 앞에서만 보여주는 모습이기도 했다.

"잡스러운 기운 속에서 깨끗한 기운만 열심히 골라내고 있습니다. 흐흐흐!"

"그래. 확실히 너는 그런 것 같네."

천마는 고개를 끄덕이며 금각과 은각에게로 시선을 돌렸다. 이에 뜨끔한 표정으로 그들이 고개를 바닥에 쏟았다.

"쯧! 반푼이 같은 놈들."

'끄응…'

'저 말이 왜 안 나오나 했네.'

내심 앓는 소리가 나왔으나 애써 삼켜냈다. 이어질 내용도 짐작할 수 있었다. 금각과 은각의 시선이 슬쩍 올라가더니 대성에게로 향했다. 아니나 다를까 그의 입이 열리고 있었다.

"그래서 저 두 놈을 같이 데리고 온 겁니다. 둘이 합쳐서 하나 몫은 하니까요. 흐흐흐흐!"

역시나 예상했던 그대로였다. 잠시 금각과 은각을 바라보던 천마가 대성에게로 시선을 돌리며 말했다.

"기왕 이렇게 된 거, 일정을 좀 꽈야겠다."

"…예?"

무슨 소리인지 모르겠다는 듯, 대성이 눈을 동그랗게 뜨며 바라봤다. 이에 천마가 웃으며 말했다.

"벌도 받을 겸. 일 좀 해라."

왠지 모를 불길함이 느껴지는 미소였다.

❖

수도에 발생했던 침입사건의 악몽이 여전히 남아있는 가운데, 하늘이 검게 물들며 세상을 어둠으로 휩싸는 상황은 재차 공포와 두려움을 일으키기에 충분했다.

거리를 걸어가던 사람들은 일제히 건물로 몸을 숨겼고, 활짝 열렸던 창문이 닫혔다.

꽈르르릉!

그 와중에 밀려든 천둥성이 수도 전역을 강타하며 몸서리를 치게 만들었다.

"휘유…."

오르카는 갑작스런 파동에 몸을 훌쩍 띄우며 수도 외부로 시선을 던졌다.

"괴물은 괴물이네."

조금 전, 천마가 어둠을 뿌리는 걸 보았다. 때문에 이 상황 속에서도 그녀만큼은 침착함을 유지할 수 있었다. 물론, 그렇다고 해서 경계심을 푸는 건 아니었다.

아직 천마에 대한 확신을 가질 수 없기에, 더욱 단단히 경각심을 일깨우고 있었다.

콰아아아…

평소 그녀의 성격대로였다면 이미 저 멀리 충격파의 중심지로 몸을 던졌을 것이다. 하지만 천마를 믿기 어려운 까닭에 자리를 지켜야만 했다.

그녀의 시선이 옆으로 돌아갔다. 카이든이 그녀의 곁으로 내려서고 있었다.

'위험한데….'

오르카의 미간에 옅은 주름이 새겨졌다. 카이든의 눈빛과 표정을 확인한 까닭이었다.

그리고 이런 그녀의 예상은 정확한 것이었다.

'대단해!'

하늘 가득 피어오른 검은 기류만으로도 이미 동공을 키우기에 충분했는데, 저 멀리 밀려드는 기세는 그 확장된 동공을 크게 뒤흔들다 못해 경련을 일으키게 만들고 있었다.

이름 없는 연공법!

그 기운의 완성판이 저 하늘 위에, 그리고 저 수도 너머
에서 펼쳐지며 그를 흔들었다.

저 경이로운 기운에 매료되고 있는 것이다. 그것이 그가
가야 할 길의 너머에 있는 까닭에 더욱 가슴이 뛰는 걸지
도 몰랐다.

'위험해!'

감탄을 연발하는 카이든의 모습에 오르카의 미간이 크
게 구겨졌다.

이미 천마와 카이든이 같은 종류의 연공법을 익히고 있
다는 걸 알고 있었다. 때문에 지금 이 현상이 달갑지가 않
은 것이다.

같은 종류의 연공법을 익히고 있으나, 그 본질이 다르다
는 걸 아는 까닭이었다.

천마는 그야말로 짙은 칠흑과도 같은 어둠이었다. 하지
만 카이든은 전혀 달랐다. 그는 맑은 하늘과 같았고 영롱
한 호수와도 같았으며 찬란한 태양과도 같았다.

아랫입술을 질끈 깨문 그녀가 기운을 일으켰다. 억지로
라도 저 거대한 어둠의 잔치를 끝내야만 했다. 각오를 다
지는 순간이었다.

꽈르르릉!

한 줄기 천둥성과 함께 검은 뇌전이 터져 나오더니 전투가 끝을 맺었다.

'으음…'

하지만 오르카는 전혀 안심할 수가 없었다. 여전히 하늘은 어두웠고 카이든의 눈빛은 칠흑과도 같은 어둠에 흔들리고 있었다.

'늦어버렸나.'

그녀의 눈가에 짙은 그늘이 내려앉을 때였다.

커허엉!

저 멀리에서부터 거대한 맹수의 울음성이 터지더니, 회색빛 먹구름이 밀려들었다.

◈

금각과 은각 그리고 대성은 일제히 깜짝 놀란 얼굴로 뒤편을 바라봤다.

'맙소사!'

그들로 하여금 몸서리를 치게 만들 정도로 무시무시한 기운이 저 멀리서부터 날아들고 있었다.

커허어엉!

맹수의 울음성이 터져 나오고, 일제히 팔뚝을 움켜쥐었다. 오싹한 전율에 양 팔에 두드러기가 올라온 것이다.

꿀꺽!

마른침을 삼키고 있던 그 때에, 천마가 활짝 웃는가 싶더니 나직하게 중얼거렸다.

"브라만!"

그와 동시에 저 멀리서 한 줄기 뇌전이 떨어졌다.

꽈르릉!

두 주먹을 불끈 움켜쥔 천마가 전방으로 힘껏 주먹을 내질렀다.

꽈아아아아…

일순 귓속이 멍멍해질 정도로 어마어마한 충격파가 터져 나오며 사방으로 흙먼지가 솟구쳤다. 이에 밀려나듯 금각과 은각이 뒤로 튕겨나갔다. 대성은 제자리를 지키고 있었으나 그 표정은 잔뜩 굳어져 있었다.

'강자!'

새로이 등장한 자의 능력을 인정했다. 조금 전, 천마의 외침으로 그 정체는 확인할 수 있었다.

'브라만 대공.'

듣던 것 이상의 존재라는 사실에 전율이 일었다. 그런 와중에 흙먼지가 걷히고 전장이 제 모습을 드러냈다.

천마가 먼저 눈에 들어오고, 그 앞으로 또 다른 사내가 한 명 서 있는 게 보였다.

그가 브라만 대공이라는 걸 알 수 있었다.

"으드드득!"

제튼이 이를 악물며 천마의 뒤편으로 시선을 보냈다. 수도 전역을 뒤덮은 저 검은 빛 하늘이 눈에 담겼다.

'카이든!'

저 하늘이 어떤 영향을 미칠지 짐작됐다. 때문에 그답지 않게 한껏 기운을 일으키며 등장한 것이다.

이는 혹여 매료되었을지도 모르는 카이든에게 또 다른 세상을 보여주기 위함이었다.

어느새 그의 기운이 하늘을 가득 메우며 뻗어나가더니 저 멀리 수도까지 닿고 있었다.

'설마설마 했더니.'

하늘로 향한 제튼의 시선이 천마에게로 내려왔다.

"미친놈!"

제튼의 거친 언사에 천마가 이를 드러내며 웃었다.

"칭찬 고맙다."

그 순간 제튼이 몸을 날렸다. 어느새 곧게 뻗은 검결지가 천마를 향해 날을 세우고 있었다.

"싸움은 언제든 환영이지!"

천마 역시도 이를 마주하며 주먹을 내질렀다.

꽈르르릉!

한 차례의 짤막한 격돌이었다. 하지만 그것만으로도 대기가 일렁이고 대지가 갈라지기에는 충분했다.

'맙소사! 괴물이잖아.'

금각과 은각이 몸서리를 쳤다. 천마를 통해 브라만의 능력이 대단하다는 건 알고 있었다. 하지만 그게 설마 이 정도일 줄은 짐작도 못한 것이다.

'미친… 기껏해야 상급 마족 정도나 될 줄 알았더니.'

'이건, 마왕급이잖아! 저런 자에게 수작을 걸려고 했다니. 내가 미쳤지. 미쳤어!'

그리고 이것은 대성 역시도 마찬가지인 듯, 제튼을 향해 언뜻 감탄의 눈빛을 보내고 있었다.

짧은 격돌과 함께 천마와 제튼, 그들의 위치가 바뀌어 있었다. 둘 모두 욱신거리는 손을 털고 있었는데, 그 얼굴은 상반되었다.

웃고 있는 천마와 한층 더 구겨진 제튼.

"너… 왜, 여기에 있는 거냐?"

제튼의 물음에 천마가 미소 가득한 얼굴로 답했다.

"짐작하고 있잖아."

"개자식!"

"칭찬이 너무 과하네."

격한 욕짓거리에도 천마는 그저 어깨만 으쓱일 뿐이었다. 오히려 금각과 은각 대성이 움찔거리고 있었다.

"…만난 건 아니겠지?"

제튼의 조심스런 물음에 천마가 역으로 되물었다.

"누구? 황제? 아니면… 카이든?"

20년을 함께했던 경험 때문일까? 질문과 함께 그가 내비치는 미소를 통해 상황을 짐작할 수 있었다. 이미 그의 존재를 느꼈을 때 예상했던 대답이었고, 그렇기에 더욱 분노를 참기가 어려웠다.

"죽인다!"

제튼이 두 눈 가득 불꽃을 피워내며 몸을 던졌다.

"큭! 4차전은 좀 더 나중일 줄 알았는데."

비릿한 미소와 함께 천마도 마주해갔다.

뜨겁게 분노했으나 차가운 이성을 되새겨야만 했다. 수도가 시야에 있는 까닭이었다.

어마어마한 거리였으나, 그들과 같이 경지 너머의 존재들에게는 손만 뻗어도 닿을 수 있는 영역이기도 했다.

그런 이유로 감정의 불꽃을 폭발시킬 수가 없었고, 그 때문에 더욱 달라붙어야만 했다.

파파파팡!

언뜻 가볍게 보이는 공방이 둘 사이에서 이뤄졌다. 그리고 이러한 타격성이 점차적으로 격렬해질 무렵, 둘의 거리는 제로가 되었다.

덥썩!

"어쭈?"

의외라는 듯 천마가 눈을 동그랗게 떴다. 날카롭게 빛나던 제튼의 검결지가 돌연 매섭게 발톱을 세우더니 그의 멱살을 움켜쥔 까닭이었다.

검사라고 할 수 있는 제튼이 박투술의 대가라 할 수 있는 그에게 초근접전을 제안하고 있는 것이다.

눈 깜빡할 사이에 매의 발톱은 뱀의 이빨이 되어 몸을 타고 올랐고, 순식간에 팔과 어깨 그리고 관절을 움켜쥐며 비틀려고 들었다.

그렇잖아도 한 번 잡히면 반격하기가 어려운 것이 관절 부위의 공격이었다. 제튼은 그런 취약부위에 응축된 분노를 내뿜으며 달려들고 있었다.

하지만 천마 역시도 순순히 당해주지는 않았다.

선공을 놓쳤다고는 하나, 육체적 전투를 가장 즐겨하는 그에게는 중요한 부분이 아니었다.

파파파팟!

서로가 서로를 향해 사납게 이를 드러내고 발톱을 세우며, 잔인하게 물어뜯고 비틀었다. 또한 부수고 박살내며 짓이기려 흉폭하게 손과 팔 그리고 전신을 부딪쳐갔다.

'와아…… 우!'

금각과 은각이 그들의 피비린내 나는 전장을 보며, 소리 없는 탄성을 내질렀다. 그러며 약속이라도 한 듯 동시에 몸서리를 쳤다.

'저 인간, 완전 우리 쪽인데.'

'그러게. 마족이라고 해도 믿겠다.'

둘의 시선이 닿고 고개가 끄덕여졌다. 특히, 점차적으로 핏빛에 물들어가는 모습이 더욱 그들을 두렵게 만들었다.

입안이 바싹 마르는 기분 속에서, 천마와 제튼의 신형이 떨어졌다.

파아앙!

그 와중에도 공방을 취한 듯, 대기가 폭발하며 파공성이 주변으로 퍼져나갔다.

그 충격파로 족히 백여미르는 밀려난 천마와 제튼이 각자 몸을 풀며 정비에 들어갔다. 매섭게 손톱을 세웠던 까닭일까? 둘 모두 입고 있던 옷이 넝마가 된 상태였는데, 그 사이로 연신 핏물로 넘실거리고 있었다.

"짜릿한데!"

천마가 간단하게 감상을 내비치며 몸을 털었다. 후두둑 소리와 함께 핏물이 사방으로 튕겨나갔다. 제튼 역시도 몸을 털어 핏물을 떨어트리는데, 그렇게 몇 차례 몸을 흔들자 거짓말처럼 피가 멎어있었다.

"역시, 짜릿해!"

재차 감상을 내비친 천마가 육신을 내려다봤다. 피는 멈췄으나 상처들은 여전히 선명하게 남아있었다.

어지간한 마족들의 공격 속에서도 순식간에 재생해버리

는 그의 육신이 아픔을 호소하는 게 느껴졌다. 오로지 눈앞의 사내, 제튼이기에 가능한 충격이며 고통이었다.

"좋아. 아주 좋아! 끓어오르는데!"

천마의 얼굴 가득 기쁨의 미소가 들어찼다. 그 때문일까? 분노로 일그러진 제튼의 표정이 더욱 자극적인 빛을 띠었다.

"후우⋯."

작게나마 호흡을 고르고 정비를 마친 둘의 시선이 복잡하게 얽혀들었다.

"덤벼!"

천마의 작은 손짓과 함께 제튼이 재차 신형을 날렸다.

한쪽은 분노로 다른 한쪽은 환희로.

꽈르르릉!

다시금 격돌이 시작됐다. 아찔할 정도로 거대한 천둥성은 앞서보다 한층 과격하고 강렬한 전투를 예고하고 있었다.

◈

딛고 선 대지가 바르르 떨리고, 들이키는 공기가 요동치는 걸 느낄 수 있었다. 그야말로 한숨이 절로 나오는 상황이었다.

"하. 하…하……."

그래서 웃었다. 억지로라도 미소를 걸쳤다. 어찌어찌 입
꼬리가 올라가는 걸 통해, 조금쯤은 즐기고자 하는 마음이
남았다는 걸 알았고, 덕분에 작게나마 위안을 얻을 수 있
었다.

비록, 절망의 크기가 더 크다고 할지라도.

"…정말, 어마어마하군."

쿠너는 저 멀리 느껴지는 거대한 힘의 충돌을 감상하며
작게 몸서리를 쳤다.

어마어마한 거리에서부터 전해지고 있다는 걸 알았다.
그럼에도 불구하고 이처럼 소름끼치는 여운을 남긴다는
사실에 전율했다.

"그러게요."

가벼운 기척과 함께 익숙한 음성이 화답하며 다가왔다.

"수업 중 아니냐?"

"자율학습으로 바뀌었습니다."

음성의 주인, 케빈이 그리 답하며 슬쩍 웃었다.

"하긴, 사건이 워낙… 크니."

저 거대한 힘의 충돌 속에서, 제대로 수업을 할 이들이
몇이나 있겠는가.

기운을 다루는 이들이라면, 누구나 제자리를 지키기가

어려울 수밖에 없는 경이가 하늘에서, 저 멀리 수도 바깥에서, 찬란하게 펼쳐지고 있는 상황이었다.

어찌 안 나올 수 있겠는가.

'수업이 없어서 다행이지.'

물론, 쿠너 역시도 수업을 제치고 뛰어나왔을 확률이 높았다. 별의 영역에 오른 까닭에, 더더욱 저 거대한 힘을 외면하기가 어려웠다.

"아무리 생각해도… 선생님이지?"

쿠너의 물음에 케빈이 작게 고개를 끄덕였다. 저 멀리서 느껴지는 강대한 기운 '들' 중 하나에서 너무도 익숙한 향을 맡았다.

제튼 반트!

그들의 스승이 내비치는 기운이었다. 어찌 모를 수 있겠는가.

'경지를 넘으셨다고는 알고 있었지만….'

이미 제튼의 정체를 아는 쿠너에게도 충격 그 이상의 타격이었다. 이런 그와 달리 케빈은 진실을 몰랐다.

'아버지….'

때문에 케빈이 지금 느끼고 있는 놀라움은 이루 말할 수 없을 정도였다.

"이건, 좀 너무하네."

문득 튀어나오는 쿠너의 한마디. 무슨 의미일까? 케빈

이 의문담긴 눈빛으로 그를 바라봤다. 이에 쿠너가 쓰게
웃으며 입을 열었다.

"산인 줄 알았더니. 하늘이잖아."

도통 잡히지 않는 스승의 그림자를 느끼고 있는 것이다.
묵직한 무게감이 어깨를 짓누르며 무릎을 꺾으려 들었다.

하지만 후들거리는 오금에 힘을 주며, 양 다리를 굳건히
세웠다.

분명, 스승이 보여주는 이 아찔한 힘의 향연은, 그야말
로 아득하다고 여겨질 정도의 높이였다. 그러나 지금 이
순간, 그는, 그들은 저 거대한 힘을 경험하고 있었다.

비록 눈앞에서 직접 마주하는 것이 아닌, 일부 잔재만을
인지한 뿐이라고는 하나, 경지에 오른 그들의 감각은 미세
하게 열려있는 길의 끝자락을 느꼈다.

목표!

아련하니 추상적이기만 하던 산 너머의 세상, 저 멀리
구름너머의 하늘을 가슴에 새긴 것이다.

"그런데…."

미지를 감상하던 쿠너가 슬쩍 케빈을 돌아보며 물었다.

"선생님의 상대는… 누굴까?"

당연하게도 케빈 역시도 알 수 없었고, 그들의 눈은 그
저 의문만 가득 담은 하늘로 향할 뿐이었다.

천마와 제튼!

대지에서 시작되었던 전투는 순식간에 대기를 타고 올라 하늘에 닿았다.

그들은 푸른창공을 무대로 구름을 거닐고 천둥을 일으키며 불처럼 뇌전을 내뿜었다. 그야말로 초월적 존재들의 참된 위엄을 내비치고 있었다.

그 거대한 힘의 향연 아래에 금각과 은각은 전율했고, 대성은 환희하며 하늘을 우러러봤다.

콰르르르르릉!

돌연, 검은빛 뇌전이 창공을 찢어발겼다. 그러더니 회색빛 먹구름이 길게 갈라지며, 저 멀리 산자락으로 유성 하나가 떨어져 내렸다.

콰아아앙!

어마어마한 거리를 두고 있건만 대지가 지진이 난 듯, 요란하게 요동을 치는 게 느껴졌다.

"으음…."

함몰된 산자락을 딛고 일어서던 제튼이 짤막하게 신음성을 흘렸다.

멀리, 수도 크라베스카의 성문이 열리는 걸 느낀 까닭이었다. 제국의 기사와 마법사들이 일제히 움직이고 있었다.

"큭큭큭큭!"

검은빛 하늘에서 천마의 웃음소리가 날아들었다. 그 역시 성문이 열리는 걸 느낀 까닭이었다.

"아쉽지만, 슬슬 끝을 봐야겠네."

당연하게도 제튼 역시 동의하는 바였다. 가슴 가득 차오른 이 분노를 생각한다면, 지금 이 자리에서 끝을 보고 싶었으나, 수도 크라베스카와 그곳에 존재하는 소중한 이들을 떠올리면, 이 즈음에서 마쳐야만 했다.

잠시간 절제와 통제를 잃어 너무도 과한 힘을 사용한 이상, 결말은 빠를수록 좋았다.

'그래도⋯.'

제튼의 눈이 빛났다.

"⋯마무리는 해야겠지."

그 말과 함께 검은 어둠이 먼저 걷혀졌다. 동시에 잿빛 구름도 자취를 감췄다.

그리고 이내 천마의 주먹이 대지를 향해 내리꽂혔다. 이에 호응하듯 제튼의 검결지가 창공을 꿰뚫듯 뻗어졌다.

콰아아앙!

그것은 실로 거짓말 같은 상황이었다.

한 눈에 봐도 높고 커다랗게 보이던 산이 터졌다. 흩어졌다. 그리고 사라졌다.

제튼 역시도 보이지 않았다.

30 · 마귀졸판 11

"큭!"

여전히 하늘에 떠 있던 천마가 짧게 실소했다. 그러며 나직하니 중얼거렸다.

"4차전은 무승부인가."

그가 자신의 가슴을 내려다봤다. 휑하니 구멍이 뚫린 게 보였다. 재차 실소하며 가슴에 두었던 시선을 등 뒤로 던졌다.

붉게 물든 태양이 눈에 들어왔다. 그 거대한 불꽃 한 가운데가 잿빛으로 물들어 있는 것이 보였다.

"정말… 제법이야."

천마의 입 꼬리가 올라갔다.

"5차전이 기대되네."

마치 저 뜨거운 태양빛에 새긴 듯, 눈가에 묻어나오는 안광이 유난히도 붉게 빛나고 있었다.

◈

아카데미 습격사건, 수도 침입사건, 거기에 더불어 초월자들의 하늘과 땅을 가르는 전투까지.

연달아 발생하는 아찔한 소식 때문일까? 제국민들은 다시금 두려움에 몸서리를 치며 움츠러들었고, 이런 백성들의 태도는 그들의 정점으로 하여금 고삐를 쥐게 만들었다.

"후우…."

황제는 나직한 한숨과 함께 전방을 바라봤다.

순식간에 연합 왕국의 군세를 물리고, 다시금 수도의 경계를 바로잡았다.

당연하게도 그녀는 거기서 멈출 생각이 없었다.

"진군!"

진군!

또 진군이었다. 오로지 전진만을 외칠 뿐이었다. 십여년 전에 멈춰버렸던 제국 전쟁의 제 2막이 본격적으로 펼쳐지려하는 순간이었다.

전방에는 무대의 새로운 장을 열기위한 제물이 마련되어 있었다.

메르베스 왕국의 국경 바르함!

저들을 베고 밟고 짓이기며 그녀의 능력을 온전히 선보일 생각이었다.

헌데, 그 타이밍에 수도에서 소식이 날아왔다. 황실의 고위 마법사들에게서 나온 정보였다.

"후우…."

한숨이 절로 나왔다.

"…마족이라니."

고삐를 쥔 손에 힘이 한껏 들어갔다. 이제 막 도착한 상황이었다. 저 단단한 성벽을 무너트리려면 하루 이틀로는 안 될 터였다. 특히, 그녀가 근래에 전장에서 보여준 능력 때문에, 저곳 적도의 국경에는 한도이상의 병력이 모여 있었다.

게다가 그 사이에 성벽에 마법을 퍼부은 듯, 짙은 마력의 흐름도 느껴졌다.

고민은 길지 않았다.

"돌아간다."

주저 없이 말머리를 돌렸다.

히히히힝!

마음에 남은 울분이 있었던 것일까? 생각 이상으로 힘이 들어갔고, 그녀의 애마가 비명을 질렀다.

짜증이 확 하니 솟구쳤다.

촤악!

그녀의 손이 뒤를 향해 뻗어졌다.

콰아아앙!

저 멀리, 바르함의 성벽에서 거대한 폭발성이 터져 나왔다.

마법적처리가 되어있는 성의 외벽이 크게 무너져 내리는 게 보였다.

"쯧!"

그곳을 바라보던 황제가 혀를 차며 시선을 거뒀다. 생각보다 마법의 수준이 높았던지 성벽은 그 형태가 남아있었다.

차갑게 굳은 얼굴로 황제가 전장에 뛰어들고 한 달 남 짓.

제국은 잃어버렸던 국경을 찾았다.

❖

그것은 실로 다행스러운 경험이었다. 어찌 보면 운이 좋았다고 여길 수도 있는 경우이기도 했으나, 바른 길을 보았다는 것이 중요했다.

'내가 가야 할… 길!'

카이든은 더 이상 검을 들지 않았다. 그저 매일처럼 제자리에 앉아, 마법사들이 명상을 하듯 가만히 눈을 감은 채 호흡을 고르며 연공에 집중할 뿐이었다.

검은 어둠과 잿빛 기류의 대립!

하나의 기운만 존재했다면 자칫 그곳에 '목표'를 둔 채 내달렸을지도 몰랐다.

특히, 그 기운과 같은 본질을 지녔기 때문에 더욱 쉽게 물들었을 수도 있었다. 하지만 다른 하나의 기운이 등장하면서, 길은 하나가 아니라는 걸 알게 되었다.

최초 검은 어둠의 등장으로 인해, 그의 내부에 존재하는 백색의 드래곤 '백룡'을 변질시킬 수도 있던 위험한 상황이었으나, 잿빛 기류가 하늘을 감싸면서 그의 백색 기운도 그에 어울리는 길이 있음을 깨닫게 된 것이다.

그로 인해 당장 해야 할 일 역시도 알 수 있었다.

'중심을 바로잡는 것!'

이후, 카이든은 백색의 기운이 더 이상 흔들리지 않고, 굳건할 수 있도록 연공에 전념하며 스스로를 다독여왔다.

'그리고… 내 길을 찾는다!'

몸 안의 기운, 백룡이 기쁨에 찬 울음을 터트리는 게 느껴졌다.

'반드시!'

◈

〈전쟁이 끝났다!〉

라고 정의하기는 어려웠다.

하지만 분명한 건 황제의 출현과 그녀가 보여준 능력으로 인해, 연합왕국이 크게 상처를 입었다는 점이었다.

그 때문에 왕국들은 더 이상 전진할 생각을 하지 못했다. 거기에 더해 그들 내부적으로도 갈등이 빚어지면서, 전진은커녕 오히려 후퇴를 해도 부족할 상황이었다.

때문에 그들은 급히 각자의 국경에 모든 병력을 소집하며, 다가올 황제의 공격에 대비해야만 했다.

허나, 어쩐 일인지 황제는 더 이상 전진하지 않았다. 그저 적도의 성벽에 싸늘한 경고만을 남긴 채 말의 고삐를 돌린 것이다.

이유는 알 수 없었으나, 황제가 진군을 멈춤으로써 연합왕국은 작게나마 안도의 한숨을 내쉴 수 있었고, 그 덕분인지 조심스레 '전쟁의 끝'을 상상하는 이들이 늘어나고 있는 추세였다.

그리고 이 새로운 분위기의 전환 과정은 자연스럽게 내부갈등을 촉발하며, 연합왕국들 사이에 틈을 만들고 벌리려 들었다.

어찌 보면 당연한 결과였다.

전쟁!

그것은 일종의 영토 확장을 위한 도전이었다. 대 제국 칼레이드라는 거대한 동쪽의 대륙을 목표로 여러 왕국들이 힘을 모은 것이다.

헌데, 그 목표를 향한 여정이 급작스럽게 좌초되었다.

게다가 전쟁 중에 발생한 피해를 생각한다면 절대적으로 '보상'이 필요할 수밖에 없었다.

때문에 그들은 서로가 서로에게 등을 돌리게 된 것이다. 더 이상의 전진이 불가능하기에, 옆과 뒤로 시선을 던졌고 이를 드러내기 시작했다.

물론, 아직까지는 눈치싸움일 뿐이었다.

연합왕국!

허울뿐이라고는 하나 그들이 만든 테두리가 여전히 그들을 옥죄고 있는 까닭이었다. 하지만 패배나 다름없는 전쟁의 결과로 인해, 언제든 부숴버릴 수 있는 나약한 울타리였고, 그 때문에 연합왕국의 국가들은 새로운 긴장감에 마른침을 삼키고 있는 중이었다.

그리고 이런 급작스런 상황변화로 인해 길을 잃어버린 이들이 있었다.

사제단!

좀 더 정확히는 길을 잃었다고 하기 보다 '자유'를 찾았다고 봐야 하겠으나, 너무도 뜬금없이 할 일이 사라져버린 사제단으로써는 길을 잃은 것이나 다름이 없었다.

전쟁은 끝났다.

하지만 끝난 것이 아니다.

이 모호한 상황으로 인해 당황하는 사제단의 일원 속에서, 은밀히 무리를 벗어나는 사람이 한 명 있었다.

"운이 좋았군."

마르한은 조용히 뒤를 바라보며 쓰게 웃었다. 그를 찾아오는 수많은 사람들로 인해서 제대로 걸음을 하기도 어려울 거라 여겼건만, 다행스럽게도 갑작스런 후퇴와 왕국들 간의 갈등으로 틈이 생긴 것이다.

방랑 사제라 불릴 정도로 여행만 해 온 그였다. 당연히

위기상황도 쉴 새 없이 있었고, 덕분에 나름대로 기척을
감추고 신분을 위장하는 방법 정도는 지니고 있었다.

이를 통해서 몰래 밖으로 나온 것이다.

"마지막 여정이 되겠군."

좀 더 사람들을 살펴주고 싶은 마음이 있었으나, 슬슬
끝이 다가오고 있음을 알았다.

특히, 최근에 느꼈던 그 아찔한 감각이 그의 등을 떠밀
었다.

"마족이겠지…."

시선을 전방으로 되돌렸다. 그가 가야 할 곳, 저 멀리 제
국의 경계를 넘어, 그 깊숙한 곳으로 마음을 던졌다.

오래도록 볼 수 없었으나, 결코 잊지 않았던 소녀의 얼
굴이 그려졌다.

메리 반트!

떠올리는 것 만으로도 입가에 미소가 그려졌다.

"잘 지내고 있겠지."

그렇게 얼마나 걸었을까.

문득, 그의 전방을 가로막는 일단의 무리가 있었다.

하나같이 로브로 전신을 두른 이들이었는데, 마르한은
이 갑작스런 출현에도 전혀 긴장하지 않은 채, 태연한 얼
굴로 그들을 맞이했다.

"밤을 밝히는 분들이구려."

성국에서 이 같은 표현을 하는 단체는 하나뿐이었다.

이단 심판관!

무리들 중 전방에 서 있던 이가 로브를 걷으며 얼굴을 내보였다.

40대 중반 즈음 되어 보이는 각진 얼굴의 사내였는데, 그 흉흉한 눈빛은 그가 지내온 삶이 녹록치 않았다는 걸 이야기해주는 듯 했다.

"항상 그대를 주시하고 있었다."

사내가 마르한에게 말을 건네 왔다. 이에 마르한이 물었다.

"주시했다라… 교황성하의 뜻이오?"

"그렇다."

"나를 잡아가시려 하는 것이구려."

"본래의 임무를 망각한 그대는 벌을 받아야 한다."

아무런 보고도 없이 사제단을 이탈한 것을 말하는 것이었다. 고개를 끄덕이던 마르한이 가볍게 빛을 뿌렸다. 은은하니 전신을 에워싼 그 빛 무리에 사내가 표정을 굳히는 게 보였다.

이런 사내를 향해 마르한이 물었다.

"이 늙은 노구를 괴롭히시겠소?"

그 즈음, 사내는 갈등하고 있었다. 마르한이 내비치는 은은한 빛의 정체를 아는 까닭이었다.

'성력…'

그것도 감히 교황의 권위를 넘볼만한 것이었다. 저 자그마한 반딧불 같은 빛에서 태양과도 같은 따스함을 느끼고 있었다.

이는 사내뿐만이 아니라, 다른 로브인들도 공통되게 느끼고 생각하는 부분이었다.

때문에 당황할 수밖에 없었다.

'어찌…'

그들 성국의 중심인 교황의 밝음보다 더욱 찬란한 밝음이 눈앞에 있을 수 있단 말인가.

세간의 소문을 새삼 상기하는 순간이기도 했다.

성자!

그 소식이 있고 나서야 교황이 붙인 이들이었다. 당연히 소문의 진실에 대해서는 어두울 수밖에 없었다.

어찌 대답해야 할지 주저하는 사내에게 마르한의 음성이 날아들었다.

"계시를 받고, 인도하신 길을 가야 하는데. 함께 하시겠소?"

사내의 동공이 크게 확장됐다.

'계시?'

흔들리는 사내를 향해 마르한이 웃으며 말했다.

"가십시다."

사내와 로브인들이 어떤 대답도 반응도 보이지 않았건만, 마르한은 대뜸 그리 말하며 걸음을 옮겨버렸다.

당황하는 사이 마르한은 사내를 지나치고 있었다. 더욱 당혹스러운 건 그러한 상황에서도 마르한을 막아설 마음이 들질 않는다는 점이었다.

"후우…."

한 차례 길게 한숨을 내쉰 사내가 마르한의 뒤를 쫓았다. 그 기척을 느낀 마르한이 슬쩍 웃으며 걸음에 속도를 더했다.

◈

제국의 수도 크라베스카를 한 눈에 내려다 볼 수 있는 장소.

사자의 탑!

대공 브라만의 거처라고도 불리는 그 탑의 꼭대기에 일단의 무리들이 서 있었다.

천마와 대성 그리고 금각과 은각이었다.

"잘 만들었지?"

수도를 내려다보며 묻는 천마의 물음에 대성이 즉각 대답했다.

"예. 멋집니다."

"마계에서는 보기 어려운 건축물인 것 같습니다."

금각이 슬쩍 거들었다. 천마가 고개를 끄덕이며 말했다.

"허구한 날 부서제끼고 죽여 대는 탓에, 이런 멋진 걸 만들 만한 놈들이 없지. 게다가 미적 감각 자체가 결여된 놈들 투성이니까."

"그나마 뱀파이어 로드와 서큐버스 퀸의 거처가 괜찮은 편이지요."

은각의 이야기에 천마가 재차 고개를 끄덕이며 물었다.

"어때? 이 아름다운 건축미의 결정체. 한 번 부셔보고 싶지 않냐?"

"……."

너무도 뜬금없는 그의 이야기에 대성과 금각 그리고 은각이 일제히 눈을 동그랗게 떴다.

이런 그들의 반응에 한 차례 실소한 천마가 대성을 향해 물었다.

"기운은 얼마나 회복했냐?"

지난 번, 제튼과의 4차전이 있고 난 뒤, 대성 일행은 철저히 전투지역을 골라 다니며 기운을 회복하는 것에만 집중했다.

천마의 명령으로 인한 이유도 있었으나, 제튼을 마주하고 난 뒤 적잖은 자극을 받은 까닭도 제법 컸다.

중간계 최강자라 해봤자 결국 인간이 아닌가.

이런 생각으로 조금은 여유를 부렸고, 나태하던 마음도 있었다. 하지만 제튼은 그 모든 관념을 바꿔버리기에 충분했다.

　대성이 가슴을 두드리며 외쳤다.

　"전부 회복했습니다."

　게다가 그 기운의 농도 역시도 높았다. 잡스러운 기운들을 전부 걷어낸 것이다.

　금각과 은각 역시도 각기 절반가량의 기운을 회복시킨 상태였다.

　"빠르군."

　"전부 주군께서 전수해주신 마공 덕분입니다."

　"좋아. 그렇다면 이제 판을 벌려보자."

　천마가 손을 펼쳐 수도 전역을 한 차례씩 훑으며 말했다.

　"무대는 이곳 크라베스카다."

　이에 대성이 물었다.

　"부수면 되는 것입니까?"

　"그렇지. 단! 지금 당장은 아니다."

　천마가 수도 너머로 시선을 보냈다.

　"대륙으로 나가 병력을 모아라."

　이해하지 못하는 대성과 달리 금각과 은각은 즉각 의미를 알아냈다.

"굳이 몬스터가 필요하겠습니까?"

"번거롭기만 할 겁니다."

애초에 그들이 마계에서 지내는 방식 역시도 소수정예
의 전투였다.

천마의 명성 때문에 몰려드는 이들이 있기는 했으나, 그
들 대부분이 우마왕에게 흡수된 상황이었다. 그럼에도 불
구하고 우마왕이 천마를 두려워하는 건, 그의 능력 외에도
정예화 된 그의 세력 때문이었다.

이런저런 이유로 인해, 그들에게 무의미한 세력 모으기
는 거추장스럽기만 할 뿐이었다.

천마가 웃으며 말했다.

"분위기도 중요하잖냐."

바람잡이 역할로써 몬스터들의 대병력이 필요했다. 이
미 몬스터들의 대대적인 침공이 있었던 까닭에, 기본적인
흐름정도는 잡힌 것이나 다름없었다.

"아직 제국에서 벗어나지 못한 몬스터들이 있으니, 그
놈들을 족치면 거처 정도는 금방 알 수 있을 거다."

"어느 정도로 할까요?"

금각의 물음에 천마가 슬쩍 시선을 돌려 한쪽으로 던졌
다. 정확히 카이스테론 아카데미가 있는 방향이었다.

"인간들이 긴장할 만큼."

이번만큼은 금각과 은각도 이해하지 못한 듯, 대성과 똑

같은 표정으로 의문을 내비치고 있었다. 이에 천마가 이야
기를 이었다.

"경고를 할 거다."

여전히 세 마족들은 동공만 키우고 있을 뿐이었다.

"너희들로 하여금 인간들이 준비할 시간을 줄 생각이
다."

언뜻 위험할 수도 있는 발언이었다. 마계가 아닌 중간계
의 편을 든다고 여겨질 수도 있기 때문이었다.

하지만 세 마족은 의심하지 않았다.

천마!

그들에게 그의 존재는 절대적인 믿음의 대상인 까닭이었
다. 그저 조용히 이어질 내용만을 기다리고 있을 뿐이었다.

이런 세 마족의 반응에 만족스런 듯 고개를 끄덕인 천마
가 멈춰졌던 이야기를 이어나갔다.

"중간계로 하여금 침공에 대비하게 할 것이다."

이 즈음에서 금각은 무언가를 짐작한 듯 눈을 빛내고 있
었다.

"…우마왕입니까?"

금각의 조심스런 물음에 천마가 싸늘히 웃어보였다.

"그래. 이곳 중간계에서 그 빌어먹을 소대가리를 엿 먹
이고, 보란 듯이 그 두툼한 뿔을 꺾을 것이다."

천마가 세 마족을 돌아보며 나직이 한마디를 던졌다.

"떠나라."

명과 동시에 대성이 먼저 움직였고, 금각과 은각이 그 뒤를 따랐다. 순식간에 저 멀리 하늘의 점이되는 그들에게 천마의 음성이 날아갔다.

"기한은 올 겨울이 가기 전까지다."

실로 촉박한 시간이었으나, 천마는 그다지 신경 쓰지 않았다.

본신의 힘을 되찾은 대성은 충분히 하위 마왕과도 견줄 만한 실력자였다. 거기에 금각과 은각이 붙어 있으니, 얼마든지 가능할 거라고 여겼다.

'뭐… 쉽지는 않겠지만.'

그 부분은 멋대로 찾아온 벌이기도 했다.

❖

경지를 넘고 또 넘어 초월적인 영역 깊숙이 발을 들인 까닭일까?

더 이상은 앞으로 나아가는 게 어렵다는 걸 알고 있었다. 여기서 전진하려면 좀 더 그럴싸한 자극이 필요했다.

가장 괜찮은 자극제라면, '동급의 강자'를 예로 들 수 있었는데, 최근 들어 이러한 조건에 부합되는 존재가 나타났다.

천마!

안타깝게도 제튼으로써는 결코 반길 수 없는 조건이자 존재이기도 했다. 하지만 분명한 건, 그로 인해서 작게나마 발전이 있었다는 점이었다.

"후우…."

한숨이 절로 나왔다. 더는 연공이니 수련이니 하는 삶과는 연관이 없을 거라 여겼건만, 다시금 스스로를 채찍질하는 시기를 보내게 생긴 까닭이었다.

과거, 벨로아와 겨루던 건 말 그대로 '몸 풀기'로써, 작정하고 하는 수련이 아니었다. 하지만 이제부터는 마음 단단히 먹고 수련을 해야 했다.

지난 번, 4차전의 결과가 떠올랐다.

'무승부라….'

천마는 그리 이야기했으나, 사실은 그의 패배나 다름없었다. 마지막 일격을 나눈 뒤, 서로가 품고 있었던 여력을 기준으로 한다면, 제튼은 거기가 '끝'이었다.

마지막 일격에 전력을 퍼부었기 때문이다.

검격의 목표물이 대지가 아닌 하늘에 존재했고, 그로 인해 지상에 그 피해가 미치지 않을 것을 알았기에, 아낌없이 모든 걸 내던질 수 있었다.

'…딱 거기서 끝이었지.'

하지만 천마는 그 와중에도 힘을 비축하고 있었다는 걸

알았다.

때문에 본격적인 수련의 필요성을 느꼈다.

"어쩔 수 없나."

물론, 그렇다고 해서 산으로 들어가거나 할 생각은 없었다.

'해야 할 일도 남았고.'

에르낙을 비롯한 옛 영웅의 후손들. 그리고 이들을 통합하여 이뤄낼 이면의 세상까지. 이제 겨우 초창기였기에 중간중간 그의 개입이 필요했다.

은퇴한 이들 혹은 숨어사는 이들을 상대로 '조직'을 만들 생각은 없었다. 그저 이들 사이에 자그마한 연결고리 정도만 남겨둘 생각이었다.

저들은 이미 세상을 떠난 이들이기에, 굳이 무리해서 다시금 전면에 내세울 생각 같은 건 없었다.

평소처럼 살아가도록 내버려 둘 것이다.

단지, 천마가 예고했던 침공의 시기를 대비하고자 희미한 끈 정도만 이어놓고자 하는 것이다.

맘 같아서는 이와 관련된 모든 일을 에르낙에게 맡겨두고 싶었으나, 그는 '가문'을 이끄는 자였다. 원하던 원치 않던 가문을 위하는 방향으로 흘러갈 수도 있기에, 제튼의 지속적인 개입이 필요했다.

게다가 그 스스로도 다시금 세상과 담 쌓는 생활을 하고 싶지는 않았다. 특히, 타의에 의해서 갇혀 지냈던 예전을 생각하면, 더더욱 피하고 싶은 수련법이었다.

"무슨 생각을 그렇게 해?"

상념을 흩어놓는 음성에 고개가 돌아갔다. 셀린이 땀을 닦으며 다가오는 게 보였다. 제튼이 웃으며 답했다.

"별 거 아니야. 그보다 몸은 좀 어때?"

"최고야!"

활력 넘치는 그녀의 표정에 슬쩍 미소가 그려졌다.

생각이상으로 재능이 뛰어났던 것일까? 본격적으로 가르치고 아직 한 계절도 지나지 않았건만, 셀린은 벌써부터 기운을 통제할 수 있는 경지에 올라 있었다.

사실, 한 밤중에 나눈 부부의 육체적 대화를 통해, 꾸준히 그녀의 육신을 개발해 왔던 덕분에, 그녀가 지닌 육신의 잠재력은 충분히 '천' 급에 올라 있다고 해도 과언이 아니었다.

거기에 더해 그녀가 지닌 기운의 영역 역시도 별에 닿아 있지 않던가.

너무 빠른 성장이라 여길 수도 있었으나, 제튼이 지난 세월동안 그녀에게 해 온 일들을 생각한다면, 오히려 당연한 성장속도였다.

특히, 그녀의 내부는 기운이 지나가는 통로가 막힘없이 뚫려 있어, 조금이라도 그 공부가 깊어진다면 얼마든 그 다음의 경지로 닿을 수 있었다.

'융통무애(融通無碍)!'

그 흐름에 막힘이 없는 영역. 진정으로 초인이 되기 위한 발판을 마련하게 될 터였다.

단지 아쉬운 게 있다면 한 가지 뿐이었다.

'좀 더 부드러웠으면 좋았을 텐데.'

과거, 제니를 가르쳤던 당시에도 겪었던 일이었다. 예쁘장한 외모와 달리 날카롭고 매섭던 제니의 박투술을 기억하고 있었다.

셀린 역시도 크게 다르지 않았다. 오히려 내부에 쌓인 기운을 이용하여, 제니보다 더욱 매섭고 사나운 박투술을 하는 것이 아닌가.

자칫, 부부싸움이라도 났다가는 크게 골병들지도 모르는 위기감이 엄습했다.

'끄응….'

아쉬움에 입맛을 다시는 그를 향해 셀린이 물었다.

"그런데 검은 정말로 안 가르쳐 줄 거야?"

제튼의 고개가 끄덕여졌다.

"이전에도 말했듯이, 난 당신에게 '지키는 법'만 가르쳐 줄 거야."

'죽이는 법이 아니라.'

그녀의 곱디고운 손에 피를 묻히고 싶지 않았다. 때문에 의도적으로 박투술에 집중하도록 한 것이다.

제니와 메리 역시도 그와 같은 이유로 박투술을 중점적으로 가르쳤었다.

그 때문에 더욱 태극의 이치를 전하고자 했지만, 사람 일이라는 게 뜻대로만 되는 건 아니었다.

'뭐… 중요한 건, 기술이 아니라 마음가짐이니까.'

그런 생각으로 가르침을 전하고 있었다.

"이것만 가지고도 괜찮을까?"

셀린의 물음이 이어졌다. 앞서 쾌활한 모습은 어디로 던져버린 것인지, 질문을 던지는 그녀의 표정에는 불안감이 잔뜩 깃들어 있었다.

어쩔 수 없는 일이었다. 그녀가 비록 별에 닿을만한 힘을 소유하고 있다고는 하나, 이제 겨우 걸음마를 뗀 수준이 아니던가. 당연하게도 아직은 스스로에 대한 확신이 없을 수밖에 없었다.

오히려 이 무렵에 확신을 하는 것도 문제였다. 아직은 자신에 대한 불안감 속에, 우려하고 고민하며 더 나은 모습을 찾아 나아가야 할 때였다.

"걱정하지 마."

그리 말하며 셀린을 정면으로 응시했다. 그의 흔들림 없는 눈동자에 그녀의 동공 역시도 제자리를 찾아가는 게 보였다.

마계와 중간계.

이 둘은 아예 다른 세상이었다. 그 때문일까? 마족들은 중간계로 넘어올 때에 기본적으로 그 힘의 일부에 제약을 받고는 했다.

차원간의 간섭으로 인한 여파가 크다고 여겼다. 그렇게 믿었다.

하지만 금각과 은각은 이번 경험을 통해, 결정적인 이유가 다른 데에 있다는 걸 알았다.

"두 세상의 기운이 다른 거야."

금각의 말에 은각이 동의한다는 듯 고개를 끄덕였다.

"마기만 가득한 마계하고 다르게, 여기는 다양한 기운들이 넘치니까."

거기에는 성력도 있고 정령력도 있으며 마나도 존재하고 오러와 각종 신비의 이능들이 고루 갖춰져 있었다.

물론, 마기 역시도 그 속에 담겨 있기는 했다.

"하지만 전혀 다르지."

마계의 마기와 이곳 중간계의 마기는 전혀 달랐다.

"이걸 당연하다는 듯이 끌어다 쓰려고 하니, 제 힘이 나오질 않는 거지."

그렇다면 어떻게 해야 본신의 능력을 전부 발휘할 수 있을까?

금각과 은각이 내린 결론은 아주 간단했다.

"처음부터 다시 쌓는 거지."

"지금, 우리처럼."

그들 두 마족은 마계에서 최상위 마족과도 견줄만한 능력을 품고 있었다.

하지만 이곳 중간계로 건너오기 위하여, 스스로 그 격을 낮춰 하급마물의 위치로 내려갔다.

그 때문에 이곳 중간계로 넘어오던 당시, 그들이 지닌 힘이라고는 실로 쥐꼬리만한 수준밖에 되지 않았다.

물론, 인간들의 수준으로 보자면 이 역시 상당한 것이었으나, 그들 본연의 능력에 맞춰본다면 티끌만 하다는 표현도 부족할 지경이었다.

하지만 이 나약한 기운 덕분에, 더욱 이곳 세상에 맞추기가 수월하기도 했다.

마계에서 지니고 건너온 마기의 양에 비례해서, 중간계의 기운과 마찰 폭이 큰 까닭이었다.

그리고 이러한 마찰의 폭이 힘의 제약으로 이어진다는 결론을 내릴 수 있었다.

"그런 의미에서 보자면, 확실히 우리는 운이 좋았지."

금각의 이야기에 은각이 동의한다는 듯 고개를 끄덕였다. 처음부터 다시 시작한 덕분에, 마계에서와 같은 능력을 회복할 수 있었다.

아직 본신의 능력에 닿을 정도는 아니었으나, 머지않아서 전부 회복할 수 있을 터였다.

그리고 이 즈음에서 의문이 생긴다.

"우마왕이라면 어떨까?"

그 권세를 늘려, 어느새 상위 마왕으로 불리는 마계의 절대자였다. 이제는 마계에서도 한 손에 꼽는 실력자인 것이다.

사냥을 하려면 사냥감에 대한 정보가 필요했다. 우마왕이라는 사냥감을 잡고자, 그들은 끊임없이 머리를 굴리며 정보를 갱신할 필요성이 있었다.

그들의 본질은 하급 마물이었으나, 천마의 도움으로 마계의 고위층까지 올라가며 다양한 지식들을 접할 수 있었다. 그렇게 쌓여진 지식들을 풀어낸 뒤, 지금 이 상황과 비교하며 새로이 정리를 하는 중이었다.

천마의 제 1책사라 할 수 있는 삼장에게는 못 미치겠으나, 그들 역시도 나름대로 머리를 쓰는 게 특기인 이들이었다.

게다가 두 마족은 머리를 맞대면, 작게나마 삼장에게도 견줄만하다고 여기고 있었다. 그런 만큼 그들이 상상하고 내리는 결론은 대부분이 진실에 가까웠다.

"적어도 하위 마왕 정도는 되겠지."

금각이 내린 결론에 은각이 고개를 끄덕이며 물었다.

"그 정도로도 위험하겠지?"

"아무래도… 주군께서 인장의 저주에서 벗어나지 못하시는 한, 어려울 거야."

그리고 천마에게 얽매인 그들도 우마왕의 권위를 벗어나지는 못할 터였다.

"결국, 인간들의 힘을 빌려야 한다는 건데. 후우…."

작게 한숨을 내쉰 은각이 주변을 돌아봤다. 무수히 많은 몬스터들이 바닥에 머리를 조아린 채, 그들의 명을 기다리고 있는 게 보였다.

한 눈에 봐도 어마어마한 숫자인 건 분명했다.

"쯧! 머릿수만 많으면 뭐하나."

금각이 짧게 투덜거렸다. 천마의 명을 따라 제국에 남아있는 몬스터들을 잡고, 그들을 통해 몬스터들의 본진이라 할 수 있는 장소를 찾아냈다.

하지만 제국 침공에 너무 힘을 쓴 까닭일까? 몬스터들 중에서도 '전사'라 부를 수 있는 이들은 거의 남아있지 않았다.

각 부족의 진영을 지키기 위한 최소한의 숫자만이 남아있을 뿐이었다.

결국, 그들의 시야에 잡힌 몬스터들의 대부분은 전사가 아닌, 일종의 평민계급 몬스터들이었다.

오우거나 트롤과 같은 대형 몬스터들의 경우는 애초에 전사 계층만 존재하기에 문제될 건 없었다.

하지만 오크나 고블린 등, 집단생활을 하는 몬스터들의 경우에는 이러한 구분이 명확했고, 그만큼 실력차도 확연했다.

"주군께서 말씀하신 것처럼. 분위기를 잡기는 잡아야 되는데. 여차하면 분위기만 잡다가 끝날 수도 있겠는데."

금각의 떨떠름한 음성에 은각이 쓰게 웃었다.

"시간이 조금만 더 있었으면 좋을 텐데. 올 겨울이 지나기 전까지라고 하셨으니까. 어쩔 수 없잖아. 분위기라도 잡아 봐야지. 그나저나… 대성께서 잘 해내실 수 있을까?"

"걱정 돼?"

"대성이잖아."

은각의 반응에 금각이 실소하며 말했다.

"걱정 할 필요 없어. 대성이시니까 오히려 더 잘 통할 수도 있어."

"뭐, 그럴…려나."

"때로는 우리처럼 머리를 쓰는 것 보다, 대성처럼 무식하게 힘으로 밀어붙이는 게 정답일 때가 있으니까."

그들 두 마족은 몬스터들의 전력을 확인한 뒤, 상황이 생각보다 더 좋지 않다는 걸 깨달았다. 때문에 부족한 전력을 메울 필요성을 느꼈고, 이를 위해서 대성을 움직인 것이다.

그들 마족과는 떼어놓을 수 없는 존재.

흑마법사!

그 중에서도 마에 몸을 바친 변절자들이 목표였다. 아직 본신의 능력을 찾지 못한 그들과 달리, 본신의 능력을 전부 회복한 대성이라면, 수월히 흑마법사의 본진을 찾아내는 게 가능할 터였다.

"뼈다귀 조정하는 놈들도 있어야 할 텐데."

네크로맨서를 언급하는 은각에게 금각이 고개를 저으며 말했다.

"마계에서도 찾기 힘든 놈들이니까. 거기까지는 기대하지 말자."

"그놈들이 분위기 잡는 건 최고일 텐데."

"뭐…그건 그렇지."

아쉬움에 입맛을 다시는 두 마족이었다.

"그나저나, 슬슬 움직여야지."

은각이 그 말과 함께 몬스터들을 돌아봤다. 여전히 전사들의 수는 형편없이 부족했다. 하지만 점차 날씨가 싸늘해지며, 겨울바람이 밀려들고 있었다.

더 이상 지체했다가는 천마의 명을 지키지 못할 확률이 컸다.

아직 대성이 도착하지는 않았으나, 이만한 대군을 움직이다보면 알아서 찾아오게 될 터였다.

화아아악!

금각과 은각이 동시에 기운을 끌어올렸다. 그 기운이 장내를 장악하는 순간, 엎드려 있던 몬스터들이 일제히 신형을 일으켜 세웠다.

"전쟁이다!"

그들의 외침과 함께 몬스터들의 대대적인 이동이 시작되었다.

◆

오랜 역사의 흐름 속에서, 흑마법사라 불리는 이들은 항시 배척과 경계의 대상이 되어왔고, 언제나 타락 혹은 저주의 근원으로 여겨져 왔다.

그럼에도 '라베사만 드로일'은 흑마법사의 길을 걸었다.

'뭐… 선택의 여지가 없었으니까.'

사실, 어릴 적 유난히 어렵던 가정사정에 의해 한 사내에게 팔렸고, 그 사내가 하필이면 흑마법사였다는 조금은 흔할 수 있는 이야기였다.

여기서 반전이라면 하필이면 그를 샀던 흑마법사는 '정통'의 흑마법사였고, 덕분에 '흑' 마법사라 불리면서도 황당할 정도로 약했다는 점이었다.

정통 흑마법사는 말만 '흑' 마법사지, 그 중심 근원은 이곳 중간계에 두고 있는 까닭에, 백마법사와 크게 다를 것이 없었다.

그런 의미에서 보자면, 실질적인 '흑' 마법사는 마계에 몸을 바치고 영혼을 판 부정한 이들, 타락한 마법사들을 지칭해야 한다고 여겼다.

그래서 마계에 몸을 바쳤고, 참된 어둠에 몸을 담갔다.

"명색이 흑마법사인데, 쪽팔릴 수는 없잖아."

덕분일까? 겨우 4서클을 전전하던 스승과 달리, 라베사만은 무려 6서클의 경지에 올라, 대마법사라 불리는 영역까지 발을 디딜 수 있었다.

그리고, 10년이 흘렀다.

"후우…."

슬슬, 인내심의 한계에 다다르고 있었다. 대체, 이 다음 영역으로 오르는 건 언제란 말인가.

"쯧! 챠베오 녀석이 말했던 비술이나 한 번 사용해볼까."

시간의 흐름에 쫓기다 보니, 자꾸만 다른 방향으로 시선이 돌아가기도 했다. 어느새 흰머리가 허옇게 머리를 채우고 있는 탓에, 더 이상 지체되었다가는 마도의 영역에 들어가는 것보다 관 뚜껑을 열고 들어가는 게 빠를 수도 있었다.

하필이면 제자도 없는 까닭에, 그의 진전을 이어가기도 어려웠다.

"이제 와서 들이기도 그렇고. 쭛!"

사실, 새로운 영역에 드는 방법이 아예 없는 건 아니었다.

'격이 높은 분들과 계약을 하는 건데.'

이미 한 차례 계약을 마친 시기라서, 새로운 계약으로 넘어가는 게 쉽지가 않았다. 언제나 처음보다 두 번째가 어려운 게 마족들과의 거래이기 때문이다.

한 가지 방법이 더 있기는 했다. 하지만 안타깝게도 그건 아직 불확실한 '미지'의 영역이기에 선뜻 도전하기가 어려웠다.

"아직 연구가 부족해. 쭛!"

조금이라도 더 살아남기 위해, 오로지 그 이유만을 목적으로 파헤쳤던, 이치를 부정하는 공부.

죽음!

그리고 부활!

허나, 스승에게 부정과 변절의 마법을 배운 적이 없다보니, 독학으로 깨우친 탓에 확신을 가지기가 어려웠다.

"끄응⋯."

허옇게 새어버린 머리카락 숫자만큼 앓는 소리만 늘어가던 어느 날이었다.

"네가 라베사만이냐?"

기적처럼 '그'가 찾아왔다.

"누구…십니까?"

입으로는 질문을 내뱉고 있었으나, 머리는 이미 그 답을 알고 있었다. 단지, 상대의 입으로 확인하고 싶은 마음이 표현 된 것뿐이었다.

"너의 새로운 주인이다."

시뻘겋게 타오르는 두 개의 안광이 그를 응시했다.

"오…오오오오!"

전율과 함께 몸이 무릎이 굽혀지고 허리가 숙여지며 머리가 바닥으로 향했다.

"오오오… 나의 하늘이시여! 마도의 주인이시여!"

새로운 주인이 그를 향해 말했다.

"참 된 마도를 설파할 시간이다."

그러니, 따라라!

"주인이시여!"

경배의 순간, 전율과 흥분 그리고 일종의 쾌감마저 느껴질 정도로 아찔한 마기의 소용돌이가 그를 휘감았다.

신체 구석구석까지 뻗어나가는 이 신비로운 힘의 물결 속에서, 마도가 열렸고 육신 가득 새로운 숨결이 깃들었다.

바디 체인지!

새로운 삶의 시작이었다.

"따라와라."

그 뒤를 쫓으니 오랜 동료라 할 수 있는 챠베오가 웃으며 반겼다. 그를 통해서 새 주인을 만났다는 걸 알 수 있었다.

게다가 챠베오 외에도 다른 흑마법사들도 보였는데, 그 숫자만 해도 무려 백여 명을 넘어갔다. 한 개 마탑을 세우기에도 충분할 정도였다.

이만한 전력이 모여본 적이 언제던가. 오랜 역사 속에서도 손에 꼽을 정도일 것이다.

부르르르…

절로 온 몸이 떨렸다.

'정녕…!'

주인이 했던 이야기가 메아리쳤다.

〈참 된 마도를 설파할 시간이다.〉

　　　　　　　　◈

제국과 연합왕국 사이에 발생했던 전쟁이 일시적인 휴전상태로 돌입하고, 다시금 대륙으로 평온한 공기가 밀려들려는 찰나, 새로운 소식이 대륙 전역을 휩쓸었다.

몬스터 침공!

이미 한 차례 제국을 뒤흔들었던 저들의 움직임에 다시금 긴장감이 촉발되기 시작했다.

하지만 앞서 제국의 침공소식을 통해, 한 차례 저들을 겪어본 까닭인지, 당황하며 피해를 늘리는 일은 없었다.

은퇴했던 경험자들을 찾아, 노하우를 전수받으며 침착하게 대응하는 등, 혼란을 최소한으로 제한했다.

그리고 이 즈음에 변수가 튀어나왔다.

"걸어 다니는 시체? 설마, 언데드란 말이냐?"

교황의 경악성어린 외침에 보고를 하러 왔던 성국의 정보요원이 고개를 숙이며 답했다.

"예. 아무래도 좀비들일 확률이 높다고 합니다."

두통이 이는 것인지, 교황이 이마를 부여잡은 채 의자 깊숙이 몸을 묻었다.

이후, 가벼운 손짓과 함께 요원이 자리를 떠났다. 홀로 남은 교황은 지끈거리는 머리를 꾹꾹 누르며, 상황을 상세히 파악해갔다.

'몬스터들의 침공에, 언데드의 출몰이라.'

최근 그를 불편하게 만들던 소식이 하나 떠올랐다.

성자!

이 모든 사건들에 연관성이 있다는 생각이 들었다. 비록 거짓된 성력으로 치장했다고는 하나, 어찌되었건 그는 성국의 교황이었다.

그런 만큼 나름대로 위치에 대한 자각이 있는 것이다.

때문에 지금 사태가 보통 위험한 게 아니라는 걸 알 수 있었다.

'하필이면…'

그렇기에 지금 상황이 맘에 들지 않았다. 그를 위한 칼이자 방패가 될 새로운 기사들이 개발 중에 있었다.

이들이 완성된 뒤에 사건이 터졌더라면, 상황을 주도하는 게 가능했을 것이다. 하지만 지금처럼 실험이 한참인 상황에서는 그가 원하는 방향으로 이끌 확률이 낮았다.

'마르한…'

어쩌면 그의 존재에 기대게 될 수도 있었다.

'결국, 문제가 되는구나.'

이단 심판관들을 따로 붙여놓기는 했으나, 성자로까지 불리고 있는 만큼, 섣불리 손을 대기도 어려웠다.

최근에 받은 심판관들의 보고서를 보자면, 일부나마 마음이 넘어간 듯, 보고내용 곳곳에 미묘한 흐름이 읽혀졌었다.

'일찌감치 처리를 해야 했을까?'

"후우…"

이래저래 한숨만 나올 뿐이었다. 그나마 위안거리라면 하나였다.

'멜버릭 알슨!'

어설프게나마 완성시킨 '그의 기사'가 떠올랐다.

잊혀져버린 고대 신의 성물을 통해서 탄생시킨 '실험'의 결정체였다. 물론, 아직 완전하지는 않기에 별의 힘을 온전히 품었다고 하기는 어려웠다.

그래도 분명한 건, 초인의 영역에 발을 들였다는 것이었다.

'실험이 틀리지 않았다는 증거지!'

이 특별한 힘으로 탄생된 군단을 완성시킨다면?

"큭⋯."

잠시나마 두통이 날아가는 것 같았다.

물론, 두통은 이후로도 계속 이어졌고, 결국에는 펜던트의 힘을 빌려서 정신을 깨워야만 했다. 그는 성국의 지도자였고, 지금은 비상시국이었다. 두통에 찌들어있을 틈이 없었다.

언데트의 출몰이었다. 이미 각 국가에서 신관의 파견을 요청하고자 통신을 보내오고 있을 게 분명했다.

"대신관들을 소집하라!"

발 빠르게 움직여야 할 때였다.

◈

원체, 어이가 없다보니 웃음만 나왔다.

"하…."

천마가 했던 이야기가 떠올랐다.

〈미리미리 대륙에 주의를 주는 거다.〉

그 경고를 위한 결과물이 발아래 펼쳐져 있었다.

"으어어어…."

"끄어으……."

괴이상한 신음성을 연신 뱉어내며 비척거리는 이들이 보였다. 얼핏 보아하면 사람처럼 보였으나, 자세히 살피면 썩어 흘러내린 피부와 비어버린 동공, 거기에 비틀린 육신까지 더해져, 그들이 죽어있는 시체, 즉 언데드라는 걸 알 수 있었다.

"쯧!"

짧게 혀를 찬 제튼의 눈에 한 줄기 의문이 비쳤다.

'그런데… 어째, 너무 적은데.'

이야기나 전설 속에 나오는 대규모의 언데드 부대를 상상하며 이곳까지 달려왔다. 하지만 눈에 담긴 광경은 그의 예상과는 달리 너무도 단출한 규모였다.

굳이 숫자로 헤아리자면, 얼추 네 자릿수에는 닿을 듯해 보였는데, 저 어정쩡한 걸음걸이나 행동들을 보고 있노라면, 적당한 수준의 기사단만 출동해도 금세 전멸시킬 수있을 것처럼 보였다.

"오셨습니까."

문득 들려온 음성에 시선이 돌아갔다. 하나의 인영이 허공을 가르며 다가오고 있었다.

'금각.'

천마를 통해 대략적인 정보를 알고 있었다.

'설마, 서유기를 가지고 장난을 쳤을 줄이야.'

고개를 절레절레 흔든 그가 어느새 다가온 금각을 향해 물었다.

"나에 대해서 어디까지 알고 있지?"

"주군의 친우분이라고 들었습니다."

브라만이라는 이름 아래 한 몸을 공유했다는 등의 이야기는 전하지 않은 듯 보였다. 작게 고개를 끄덕인 제튼이 재차 물었다.

"어째서 언데드 군단이지?"

그의 물음에 금각이 쓰게 웃으며 대답했다.

"분위기를 잡으라는 주군의 명이 있었습니다."

확실히 그 말처럼 암흑의 시대를 예고하기에는 언데드만큼 그럴싸한 존재는 없었다.

"굳이 서대륙에서 시작한 이유는?"

"제국을 목표로 움직이고 있기 때문입니다."

"그게… 무슨 상관이지?"

"서쪽 끝에서 동쪽까지. 일직선으로 움직일 겁니다. 누구나 파악할 수 있게."

그를 통해서 대륙의 모든 이들이 지금의 상황을 보다 쉽고 빠르게 이해하도록 하려는 것이다.

"만약, 내가 저것들을 전부 쓸어버린다면?"

제튼의 물음에 금각이 쓰게 웃었다.

"제가 어찌 막을 수 있겠습니까."

본신의 능력을 되찾는다고 해도 제튼은 막기가 어려웠다. 그나마 대성이 조금은 가능성이 있었으나, 결국 패배할거라는 것 정도는 충분히 예상 가능했다.

"하지만 주군께서 말씀하시길, 혹여 대공께서 움직이신다면, 그분께서도 직접 나서실 거라 하셨습니다."

말인 즉, 얌전히 있으라는 소리였다.

"으드득!"

제튼의 두 눈이 사납게 변하며, 흉흉한 안광을 발산했다. 그 아찔한 기세에 한 차례 몸서리를 친 금각이 조심스레 입을 열었다.

"주군께서 말씀하시길, 두 분의 무대는 지금이 아니라고도 하셨습니다."

가슴의 열기가 전신에 뻗친 것일까? 어느새 움켜쥔 주먹에 힘줄이 터질 듯 올라와 있었다. 제튼은 애써 화를 다스리며 경고했다.

"적당히 해야 할 거다."

그러면서 재차 기세를 쏘아 보내니, 허공중에 떠 있던

금각의 신형이 휘청거리며 1미르 정도 떨어졌다.

겨우 신형을 바로잡은 금각이 힘겹게 제튼에게 다가가
며 말했다.

"명심하겠습니다."

제튼은 그를 한 차례 더 노려본 뒤, 저 멀리 동쪽으로 신
형을 날렸다.

"휘유…."

안도의 한숨을 내쉰 금각이 슬쩍 이마를 닦아냈다. 최대
한 평정을 가장한다고 연기를 했건만, 어느새 땀방울이 그
득 차 있었다. 등가도 이미 축축하게 젖은 상태였다.

"고생했어."

문득 들려온 음성에 시선이 돌아갔다. 은각이 어색하게
웃으며 다가오고 있었다.

"씨벌놈!"

얼굴을 확인하자마자 욕짓거리가 튀어나왔다. 그도 그
렇게 은각이 제튼의 등장과 함께 꽁무니를 빼버리면서, 결
국 금각이 그를 상대해야만 했기 때문이다.

욕이 안 나올 수가 없었다.

"흐흐… 미안."

머쓱하니 머리를 긁적이는 은각의 모습에 화가 머리끝
까지 차올랐으나, 애써 삼켜내야만 했다. 쓸데없는 투닥거
림으로 힘을 낭비하기에는 상황이 좋지 않았다.

"쯧! 그나저나 대성께 연락은 왔나?"

금각의 물음에 은각이 고개를 저어보였다.

"아직."

"젠장. 멀쩡한 네크로맨서 한 놈만 구해다 주시면 딱일 텐데."

아쉬움 가득한 금각의 투덜거림에 은각도 동의한다는 듯 고개를 끄덕거렸다.

운이 좋았다고 해야 할까?

대성이 찾아낸 흑마법사들 중에, 네크로맨서가 한 명 끼어있었다. 그 덕분에 어설프게나마 언데드군단을 만들어내는 게 가능했다.

하지만 말 그대로 '어설픈' 군단이었다.

"운이 좋은 건지, 나쁜 건지. 쯧! 어쩌다가 반푼이가 걸려가지고는."

금각의 투덜거림처럼, 분명 찾아낸 흑마법사 중에 네크로맨서가 있기는 했다. 하지만 어찌된 영문인지 제대로 된 죽음의 비술을 쓸 줄 몰랐고, 덕분에 한숨이 절로 나오는 언데드군단이 탄생해버렸다.

"하필이면 독학이라니."

연신 이어지는 금각의 투덜거림에 은각이 쓰게 웃었다. 금각이 언데드 군단을 위해 적잖은 고생을 한 것을 아는 까닭이었다.

네크로맨서의 부족한 실력을 메우고자, 금각의 마기가 대량투입 되었다. 하지만 그럼에도 불구하고 엉터리들만 깨어난 것이다. 만약, 이곳이 마계였고, 그들에게 하달된 임무만 아니었더라면, 당장 네크로맨서의 사지를 찢어놓았을지도 몰랐다.

"제발! 제대로 된 놈 한명만 있었으면…."

입맛이 썼다.

"뭐… 어쨌든 분위기는 그럴싸하잖아."

지쳐버린 금각의 변명에 은각이 고개를 흔들었다.

확실히 망자들이 일어나서 걸어 다니는 모습은 마계의 풍경을 연상시키기에 충분했다.

"하지만… 실속이 없으니."

조용하게 파고드는 은각의 일침에 금각이 가슴을 부여잡았다.

#2. 진실 혹은 거짓

#2. 진실 혹은 거짓

    대륙을 강타하고 있는 언데드의 출현 소식에, 곳곳에서
신을 부르는 이들이 늘어났다.

    제국과 연합왕국의 전쟁과는 또 다른 반응이었다. 앞서
의 전쟁이 국가와 국가 간의 영역다툼이라면, 언데드와 같
은 망자들의 출현은 인간들의 인지영역 바깥의 다툼이라
는 관념 때문이었다.

    대륙 대부분의 사람들이 이야기나 전설에 언급되는 암
흑시대의 도래를 우려하고 있었다.

    "실체를 알면 실망할 텐데."

    제튼은 쓰게 웃으며 주변 분위기를 돌아봤다. 서대륙 끝
에서 발생한 사건이건만, 그 정 반대편이라 할 수 있는 동

쪽의 외진 동네 아루낙 마을에서도 언데드의 여파가 일렁이고 있었다.

덕분에 이 근방의 유일한 신관인 소학원의 로트넌만 몸져 누울 지경이었다.

만약 마르한의 밑에서 공부를 하며 심성을 기르지 않았더라면, 그 성질을 못 참고 이곳을 도망쳤으리라.

고개를 절레절레 흔든 제튼은 로렌스를 통해 들었던 정보들을 되새겼다.

'확실히 분위기는 잡아가고 있는 것 같네.'

그가 직접 눈으로 확인했던 당시에는 겨우 일천 남짓한 언데드가 움직일 뿐이었다. 하지만 로렌스가 전해준 정보에는 거의 일만에 가까운 언데드가 활동하고 있다는 정보였다.

조금의 과장이 섞였을 수도 있다고는 하나, 그래도 최소한 오천 이상은 될 거라는 게 제튼의 판단이었다.

얼핏 느끼기로는 일천의 군단도 힘겨워 보였건만, 어떻게 거기까지 수를 불렸을까? 의문이 들기는 했으나, 이내 그 생각을 털어냈다. 지금 당장의 문젯거리는 따로 있는 까닭이었다.

로렌스가 정보를 보내오며 함께 딸려보낸 한 장의 서신이 그를 난처하게 만들었다.

〈천마를 만났습니다.〉

짧은 한마디였다. 하지만 많은 의미를 내포하고 있었다. 군이 '천마'를 언급했다는 것부터가 이미 문제였다.

특히, 평소라면 별 거 아닌 내용부터 시작하여, 대륙 전반에 걸친 갖가지 이야기들을 들먹이면서, 듣고 있기가 부담스러울 만큼 많은 내용이 담겨있을 서신이었다. 때문에 이 짧은 내용이 더욱 심각하게 와 닿았다.

'들켰을까?'

이내 고개를 흔들었다. 기껏해야 한 차례, 많아야 두어 차례 만났을 뿐이리라. 아직은 천마의 정체를 알아내지 못했을 게 분명했다.

"그래도, 시간문제…겠지."

입맛이 썼다. 천마의 존재로 인해 이래저래 일정이 꼬인다는 느낌이었다.

'의심하고 있는 거려나.'

또는 갈등하고 있는 것이리라.

'로렌스.'

대공 브라만의 수많은 여인들 중, 그녀만큼은 유난스러울 정도로 더 특별했다.

그 많던 여인들 중에서도 가장 지독할 만큼 대공에게 마음을 바쳤던 여인이 바로 로렌스였다. 게다가 상인으로써 대성을 할 만큼 사람을 보는 눈 역시도 남달랐다.

"결국에는 들키려나."

천마가 스스로 감추려하지 않는 이상, 로렌스가 진실에 접촉할 확률은 높았다.

"…어쩐다."

오랜 갈등이 이어졌으나, 마땅한 해결책은 떠오르지 않았다.

혹여, 이를 계기로 오르카나 황제까지 진실을 알게 된다면?

"후우우우…."

짙은 고뇌를 담은 한숨만이 길게 늘어질 뿐이었다.

◈

생각지도 못한 상황이었다.

〈대공…?〉

그를 바라보며 의문을 내비치던 로레인의 모습이 떠올랐다.

"큭…."

작게 실소한 천마가 슬쩍 시선을 들어 주변을 돌아봤다. 무수히 많은 시선이 그를 주시하고 있는 게 느껴졌다. 한눈에 저들의 정체를 알 수 있었다.

'로레인.'

그녀가 붙여놓은 요원들이었다. 순혈의 인간이 아닌 듯,

희미한 정령의 냄새들이 곳곳에서 느껴지는 게 그 증거였다.

'엘프, 혼혈 쪽이려나.'

팔라얀 상단의 숨겨진 저력 중 하나일 것이다. 어찌 보면 불쾌할 수 있는 시선이었으나, 굳이 저들을 제재하지 않았다.

'이 정도는….'

용서해 줄 수 있었다. 게다가 그의 정체를 알아챘다는 부분이 그를 즐겁게 만들었다.

황제는 아직 마주한 적이 없기 때문에 모르겠으나, 오르카의 경우는 매일 적어도 한 차례 이상은 얼굴을 마주치건만, 그럼에도 불구하고 여전히 그의 정체를 알아채지 못했다.

잠깐의 '의문' 정도는 가졌으나, 결국 그걸로 끝이었다. 거기서 더 나아가 진실까지는 닿지 못하는 것이다.

하지만 로렌스는 달랐다. 그녀는 한 눈에 의문을 품었고, 거기서 바로 '의심'까지 내달렸다.

대공의 수많은 여인들 중, 한 번에 그를 알아챌만한 여인이 몇이나 있을까?

'뭐, 대충 즐겼던 것뿐이니까.'

루디안의 타냐의 경우는 사정이 조금 달랐다. 그녀에게는 대공이 아닌 베이만이라는 이름으로 접근했었고, 그 모습으로 다시 돌아갔었다. 당연히 경우가 다를 수밖에 없었다.

'…그래도, 대번에 알아 볼 줄이야.'

재차 웃음이 나왔다. 브라만 대공의 외형이 아닌, 말 그대로 그 본질을 꿰뚫어 본 것이다.

"그러고 보니… 엘프의 혼혈이었지."

로렌스가 지니고 있는 다른 피가 작용했을지도 몰랐다. 진실을 꿰뚫어보는 엘프들의 능력을 떠올렸다.

물론, 그 중에서도 실로 소수의 인원만이 가진 능력이었으나, 분명 그 핏줄을 통해 전해지는 능력인 건 맞았다.

그렇다면, 결국 천마를 알아본 건 핏줄의 능력일까?

"큭!"

실소가 나왔다. 능력이니 뭐니를 떠나, 로레인의 마음이 어떠한지를 아는 까닭이었다.

"이런걸… 진심이 진실을 읽었다고 하는 건가."

우스웠다. 항시 가벼운 만남만을 이어온 그에게, 로레인의 감정은 너무도 간지럽게 여겨졌다.

한 차례 가볍게 몸을 털어내면서도 이 가려운 기분이 싫지만은 않았던지, 올라간 입 꼬리가 제법 오래도록 유지되고 있었다.

의문과 동시에 의심으로 이어졌고, 그로 인해서 잊고 있던, 혹은 무시하고 있던 진실의 조각과 다시 마주하게 되었다.

〈그가, 대공?〉

로렌스는 오래전에 외면했던 그 질문을 다시금 입에 담았다.

"정말로… 오라버니가 대공일까?"

과거, 제국전쟁 당시에 보여주던 태도와 너무도 달라져 버린 제튼의 모습들로 인해, 한 차례 의문을 가졌던 시기가 있었다. 하지만 그를 찾았다는 기쁨, 함께 할 수 있다는 기대, 이러한 감정에 흠뻑 빠져서 외면하며 잊어버렸던 의문이었다.

하지만 최근에 만났던 사내로 인해 모든 게 변해버렸다.

천마!

오르카를 통해 카이든에게 새로운 검술선생이 생겼다는 소리를 들었다. 게다가 검작공 오르카마저도 패배를 인정할 정도의 실력자라고 하니, 자연스레 호기심이 들었다.

마침 제국의 수도를 지나는 길이었기에 즉각 찾아갔고, 이내 볼 수 있었다.

〈…큭!〉

그는 비릿한 웃음과 함께 그녀를 곁눈질하고 지나갔다. 짧은 만남이었다. 하지만 그 찰나의 순간 속에서 그녀는 '그'를 느꼈다.

대공 브라만!

무엇이 그에게서 대공의 잔재를 보게 만든 것인지 몰랐다.

상대를 하찮게 여기는 눈빛이? 비웃음처럼 느껴지는 미소가? 조금은 가벼워 보이는 걸음, 동작, 태도가?

알 수 없었다.

오르카의 이야기로는 제른과 형제라는 식의 이야기를 했다고 하는데, 그건 진실이 아님을 알고 있었다.

의문의 깊이가 깊어지고 의심이 싹텄다.

"정말… 오라버니가 대공일까?"

핏속에 잔류하고 있는 엘프의 혈통이 움직이는 것일까? 아니면 그녀가 인지하지 못했던 또 다른 미지의 능력이 일어난 것일까?

분명하게 정의할 수는 없었으나, 한 가지 확실한 건, 천마라는 사내를 파헤쳐야 한다는 것이었다.

몬스터의 재침공?

언데드의 출몰?

암흑시대?

그녀에게는 대륙의 위기보다 단 한명의 사내가 중요했

다. 이미 상단의 업무는 부단주에게 맡겨버렸다. 혼란스러운 상태로 업무를 본다는 건 쉽지가 않았기 때문이었다.

이후 그녀 직속의 요원들을 따로 빼내, 의심의 해결을 위해 움직였다.

'…천마!'

그의 전부를 낱낱이 파헤칠 생각이었다.

❖

재수도 없지!

이런 식의 앓는 소리를 여러 차례 하기는 했으나, 냉정하게 평가하자면 그 반대라고 할 수 있었다.

"솔직히 운이 좋은 거지."

은각의 평가에 그간 고생만 했던 금각이 와락 표정을 구기면서도 고개를 끄덕였다.

마계에서도 보기 힘든 게 바로 네크로맨서가 아니던가. 그런 만큼 중간계에서 찾아냈다는 건, 운이 좋다고 볼 수 있었다.

"독학으로 배워서 어설프기는 했지만, 그래도 없는 것보다는 낫잖아."

연신 이어지는 은각의 평에 또 한 차례 금각의 고개가 끄덕여졌다.

단지, 너무 어설픈 탓에, 금각의 마기가 더해지고서도 겨우 일천 남짓한 언데드가 전부라는 점이 문제였다.

하지만 최근 들어 이 부분에 대한 개선책을 찾아냈다.

신체 개조!

네크로맨서의 능력을 지니고 있던 흑마법사 라베사만의 능력을 강제적으로 개발시킨 것이다.

애초에 대성이 주입한 마기로 인해, 그 능력의 한계치에 도달한 상태였다.

7서클!

분명 대단하다 할 수 있는 능력이었으나, 금각과 은각이 보기에는 한참 부족한 수준이었다.

하지만 그렇다고 해서 그 서클을 올려주기도 어려웠다. 라베사만이 오를 수 있는 한계치를 꽉 채운 까닭이었다.

그 와중에 해결법이 나왔으니, 그게 바로 흑마법사들의 주된 실험 중 하나인 키메라연구였다.

라베사만의 동료라고 할 수 있는 챠베오의 연구 중에 신체를 개발하는 연구가 있었고, 이를 라베사만에게 실험한 것이다.

그리고 탄생한 여덟 번째 서클!

하지만 완전한 성공은 아니었다. 어찌되었건 강제적으로 한계를 돌파한 까닭에 여덟 번째 서클이 불안정하게 흔들렸다.

하지만 그로 인해서 라베사만은 좀 더 깊이 망자의 영역에 발을 들였고, 이를 하나의 '체계'로 만들어내는 쾌거를 이룩했다.

이렇게 완성된 체계를 다른 흑마법사들에게 공유시켰고, 덕분에 언데드 군단이라 할 만한 형태를 완성시킬 수 있었다.

최초 라베사만 개인에게 의지하던 당시의 그 어설픈 언데드 군단이 아니었다.

무려 일만에 달하는 언데드의 이동이었다. 그야말로 마계의 풍경을 온전히 가져다났다고 해도 과언이 아니었다.

"고생했어."

은각이 금각의 어깨를 두드렸다. 이 모든 상황을 위해 금각이 한 노력이 어마어마한 까닭이었다.

마기를 쏟아 부은 것부터 시작해, 라베사만의 실험까지. 몬스터들의 관리에 전념하던 은각으로써는 그저 한 팔 거든 정도일 뿐이었다.

구겨졌던 표정을 겨우 풀어낸 금각이 은각을 바라보며 물었다.

"그런데 대성께서는 어디로 가셨냐?"

한 동안 네크로맨서와 언데드들을 통제하느라 정신이 없던 금각과 달리, 상대적으로 여유가 있던 은각이 대성을 비롯한 각종 대륙 정보를 통괄하고 있었다. 때문에 그를 통해서 정보를 얻어야만 했다.

"제국 방향에 흑마법사 집단이 있다는 정보를 얻어서, 그쪽으로 움직이셨어."

"집단?"

금각이 눈을 동그랗게 떴다. 당연했다. 지금까지 모인 흑마법사들은 하나같이 '개인'으로써 활동하고 있었다.

그나마 무리를 이룬 이들도 겨우 서너명 정도였다. 그런 만큼 '집단'으로 활동한다는 부분에 관심이 갈 수밖에 없었다.

특히, 흑마법사들을 통솔하고 있는 금각이기에 더욱 신경이 쓰이는 것이다.

"확실한 건 아니고, 이번에 들어온 흑마법사 녀석 중에서, 제국 쪽에 한 발 걸치고 있는 놈이 그러더라고."

이를 확인하고자 대성이 직접 움직인 것이다.

"단체라… 뭐 조직이름 같은 건 없고?"

"거기까지는 모르겠어. 그 녀석도 근방을 지나다가 느꼈다고 하더라고. 워낙 소심한 놈이라서 제대로 파고들 생각까지는 못했나 보더라."

"거 참, 궁금하네."

"뭐… 대성이 돌아오시면 알 수 있겠지."

은각의 이야기에 금각 역시도 고개를 끄덕였다. 얼핏 모양새는 잡혔다고는 하나, 아직 완전하다고 보기는 어려운 언데드 군단이었다.

때문에 흑마법사 집단의 출현에 기대가 됐고, 그런 이유로 하루 빨리 대성이 돌아오기만을 바랄 뿐이었다.

정확히 이틀이 더 지났을 때, 대성이 복귀했다.

"워낙 꼭꼭 숨어있어서, 찾는 게 쉽지가 않더라."

투덜거리는 그의 곁에는 처음 보는 사내가 함께하고 있었는데, 은은히 풍기는 마기를 통해 그가 흑마법사라는 걸 알 수 있었다.

놀라운 건, 사내의 품에서 느껴지는 또 다른 존재의 흐름이었다.

'정령?'

금각과 은각이 눈을 동그랗게 떴다. 흑마법과 너무도 안 어울리는 기운이 담겨있던 까닭이었다.

이런 두 마족의 반응을 아는지 모르는지, 사내가 정중히 허리를 숙여 보이며 자신을 소개했다.

"처음 뵙겠습니다. 에지텍 리베란이라고 합니다."

그러면서 하얗게 이를 드러내며 웃는데, 그 안에 담긴 비릿한 향기를 통해, 그가 생각 이상으로 마기에 전염되어 있음을 짐작할 수 있었다.

◆

몬스터들이 터를 잡았던 북대륙을 시작으로, 서대륙과

남대륙 그리고 제국의 영역이라 할 수 있는 중앙부터 동대륙까지.

대륙 전역을 돌며 흑마법사로 보이는 이들을 죄다 끌어모았다.

길지 않은 시간이었으나, 마왕의 영역에 닿아있는 대성이기에 불가능한 일도 아니었다.

그럼에도 불구하고 놓친 흑마법사들이 있다면, 그의 감각을 피해갈 정도로 그 마력이 희미한 이들 정도일 것이다.

일정 영역을 넘어서기 전에는 그 마기에 불순물이 짙어서 제대로 파악되지가 않는 까닭이었다.

이 같은 경우를 제외하고는 대부분의 흑마법사를 잡아들였다고 볼 수 있었다.

헌데, 이렇게 모아놓고 보니, 한 녀석이 뜬금없는 소리를 하는 것이 아닌가.

〈집단으로 움직이는 이들이 있습니다.〉

헛소리라고 여겼다. 그도 그렇게 대성이 찾아낸 흑마법사들 중에서 결코 '집단'과 관련된 이들은 존재하지 않았던 까닭이었다.

하지만 그 집단의 위치가 제국과 관련 있다는 소리에 생각을 달리 했다.

그도 그렇게 천마가 있는 제국, 특히 수도 주변에서는

그 역시도 최대한 기운을 죽여가면서 활동했기 때문이었다.

천마의 명으로 움직인다고는 하나, 그의 터전에서 감히 기세를 내비칠 수는 없던 까닭이었다.

'괜한 트집을 잡힐 순 없으니까.'

때문에 최대한 자제하며 활동했고, 그 때문에 놓쳤을 수도 있다는 생각을 했다.

그런 이유로 다시금 제국을 돌아봤다.

특히, 수도를 중심으로 천마의 영역에서도 과감하게 활동했다.

하지만 여전히 흑마법사들의 존재는 느껴지지 않았다. 물론, 전혀 찾지 못한 건 아니었다. 감각을 극한까지 끌어낸 덕분인지, 낮은 서클의 흑마법사들 역시도 찾아낼 수는 있었다.

하지만 크게 도움이 될 수준이 아니기에 대부분은 내버려 두었다. 물론, 일말의 가망성이 있는 이들 정도에게는 손을 내밀었다.

그리고 이런 그의 행동이 '그'를 불러들였다.

에지텍 리베란!

작게나마 제국의 중심인물 정도는 알기에 그의 소속 역시도 단번에 짐작할 수 있었다.

'리베란 공작가?'

놀랍게도 저 제국을 대표하는 공작가의 일인이 찾아온 것이다.

〈높고 높으신 분을 뵈러 왔습니다.〉

그를 찾아온 에지텍은 정중하게 머리를 숙여 보이며 자신을 내비쳤다. 가감 없이 스스로를 내보이는 그 행동 덕분에, 어찌하여 그를 찾을 수 없었는지를 알 수 있었다.

'정령이라고?'

에지텍의 내부에서 은은히 흘러나오는 기운은 분명 정령력으로써, 흑마법과는 전혀 어울리지 않는 조합이었다. 그리고 이 낯선 조합으로 인해, 대성의 감각에 잡히지 않았던 것이기도 했다.

정령력이 마기를 감추고 있는 것이었다.

헌데, 여기서 또 독특한 점이 눈에 띄었는데, 정령력은 느껴지건만 정령의 향은 풍기질 않는다는 점이었다.

말인 즉, 정령의 존재 없이 그 '힘' 만을 품고 있다는 의미였다.

그 방식이 궁금하기는 했으나, 굳이 캐묻지는 않았다. 중요한 건 '흑마법사 집단' 이 눈앞에 등장했다는 것이었다.

◈

금각은 신기하다는 얼굴로 에지텍을 바라봤다.

"독특한 조합이구나."

짤막한 한마디였으나, 단번에 그의 의문점을 이해한 에지텍이 웃으며 입을 열었다.

"고정관념만큼 무서운 게 없는 법이죠."

마법사는 관념을 부술 줄 알아야 했다. 부친이 만들어놓은 마법체계에 그 역시도 말도 안 된다며 부정했으나, 막상 익히고 보니 생각보다 정령력은 마기와 잘 맞았다.

마기 또는 암흑마나라 불리는 어둠의 기운을 몸 안에 받아들이되, 그 중에서도 가장 독하고 악랄한 기운만을 골라서 몸에 품었다.

중간계의 것이되, 충분히 마계의 것이라고 여길만한 사나고도 흉흉한 마기가 서클을 오염시켰다.

마법사의 심장이라 할 수 있는 서클이 침범 당했다. 정신마저도 충분히 이상해질 수 있는 위기였으나, 여기서 정령력이 발현되며 정신과 서클에 중심을 잡아줬다.

"관념을 깨고 보면, 의외로 잘 어울리는 조합이지요."

에지텍의 대답에 금각이 눈을 빛내며 물었다.

"미스릴이냐?"

그 말에 깜짝 놀란 듯, 에지텍의 두 눈이 크게 뜨여졌다. 하지만 이내 고개를 끄덕이며 감정을 추슬렀다.

'과연…'

은연중에 밀려드는 금각의 마기를 느끼며, 그 수준이 감히 그가 넘볼 수 없는 영역이라는 것을 알았다. 때문에 비기가 간파된 걸 작게나마 납득하고 넘어갈 수 있었다.

환상이라 불리는 3대 금속.

오리하르콘, 아다만티움, 미스릴.

그 중에서 신의 금속이라는 오리하르콘과 마계의 저주라는 아다만티움. 이 두 금속은 진정 환상이라 불릴 만큼 그 수가 적었다.

유일하게 현실에 가까운 것이 바로 미스릴이었다.

앞의 두 금속의 경우에는 전 대륙을 살펴봐도 기껏해야 검 서너 개 만들 정도밖에 되지 않았다.

이는 성국에 보관되어있는 성검과 이야기 속에 나오는 마검까지 포함시켜서 내어놓은 결론이었다.

그러나 미스릴의 경우에는 족히 그 배에 달하는 양이 존재했다. 실제로 미스릴로 만든 검을 각 왕국마다 서너 개 정도는 지니고 있으니, 그나마 현실이라 부를만한 영역이었다.

물론, 일반인들은 평생을 가도 보기가 어렵다는 부분에서, 충분히 환상과 현실의 경계라고 할 법한 수준이기는 했다.

어찌되었건 그 덕분에, 미스릴은 조건만 갖춘다면 얼마든 손에 쥘 수 있는 금속이라 할 수 있었는데, 이 '조건'이라는 건 생각보다 간단한 종류였다.

돈과 권력!

물론 간단하다고 해서 쉽게 얻어지는 건 아니었으나, 에지텍에게는 차고 넘치는 부류의 조건이었다.

과거, 삼공작 시절에 비한다면야 부족하겠으나, 리베란 가문은 여전히 제국을 대표하는 공작가였다. 그리고 에지텍은 현 공작의 이복동생이기까지 했다.

단 하나밖에 없는 형제인 덕분일까? 가문의 적통은 아니었으나, 그 혈통의 정당성 정도는 인정받은 상태였다. 게다가 부친이 정립시킨 새로운 진리를 이어받아, 가문의 '숨겨진 힘'의 역할마저 수행하고 있었다.

두 가지 조건을 사용하기에 충분한 위치인 것이다.

이를 통해서 미스릴을 끌어 모았다. 그리고 부친이 남겨 놓은 새로운 진리에 도전했다.

마기 그리고 정령력!

전혀 다른 기운이었으나, 부친은 이를 한 데에 품을 수 있도록 술식들을 만들어 놓았다. 문제가 있다면 이 두 기운을 모으는 일이었다.

마기를 모으는 건 문제가 없었다. 하지만 다른 하나의 힘인 정령력은 문제가 컸다.

애초에 정령력이란 선천적인 부분이 컸고, 거기에 정령의 인정을 받아야 하는 후천적 선택까지 필요한 특별함이 있는 기운이었다.

에지텍의 경우에는 애초에 선천적인 부분부터 정령력과 연관이 없었다. 때문에 미스릴을 끌어 모은 것이다.

요정의 날개, 비늘, 가루 등등의 다양한 수식어가 붙은 금속. 그게 바로 미스릴을 칭하는 용어였고, 그런 만큼 미스릴에는 정령의 힘이 다량 포함되어 있었다.

이를 통해 강제적으로 정령력을 몸 안에 새긴 것이다. 정령과 계약을 하지 않고서도 그 힘을 얻어낼 수 있도록, 부친이 새롭게 탄생시킨 가문의 비기였다.

헌데, 이 특별한 비술이 단번에 들켜버렸다.

'…대단하군!'

감탄이 절로 나오는 능력이었다.

'이게, 마족이라는 건가!'

새삼스레 가문을 나와 이들에게 몸을 맡기길 잘했다는 생각이 들었다.

그렇잖아도 최근 들어 가주와 마찰이 적잖게 있었는데, 때마침 시기 좋게 대성이 등장한 것이 아닌가.

물론, 아무래도 '마'에 관련된 일이니 만큼, 몇 차례 주저하는 마음이 있었고, 그로 인해서 그의 흔적을 놓치기도 했다.

하지만 오히려 그 덕분에 진지하게 생각할 시간을 가질 수 있었다.

'가주와는 뜻이 안 맞는다.'

부친이 정립한 흑마법의 체계를 온전히 받아들이지 않는 현 가주와 부친의 체계를 받아들이고, 거기서 더욱 발전을 꾀하는 에지텍의 생각이 마주치는 중이었다.

현 가주 역시도 부친의 체계를 받아들이기는 하나, 백마법사 특유의 고집이 남아있는 까닭인지, 암흑마나 중에서도 순정한 기운들을 중심에 두고자 했다.

하지만 에지텍은 '힘'에 관점을 두고 움직였고, 그러다보니 자연 독하고 흉폭하고 사나운 암흑마나를 파고들게 된 것이다.

그런 이유로 독립에 대한 갈망이 한층 커지고 있었고, 결국 '마'에 몸을 담기로 결정을 내렸다.

때문에 대성의 존재가 다시 나타났을 때, 과감히 그의 앞에 모습을 드러내며 진정으로 어둠에 몸을 묻은 것이다.

따르던 이들 대부분을 이끌고 가문을 나왔는데, 당연하게도 그 무리들은 부친의 새로운 진리에 따라, 마기에 몸을 내맡긴 이들이었다.

비록 삼공작 체제가 무너지며, 상당부분 그 권력이 축소되었다고는 하나, 마법학 쪽에 있어서는 여전히 그 지지력을 유지하고 있는 리베란 가문이었다.

그런 만큼 에지텍을 따라 가문을 나온 흑마법사의 숫자역시도 상당했는데, 그 수가 무려 일백에 달했다.

"환영한다!"

그렇잖아도 일손이 부족했던 까닭일까? 금각이 활짝 웃으며 에지텍을 받아들였다.

그리고 정확히 일주일 뒤,

듀라한!

목 없는 기사라 불리는 전설 속 마귀가 등장했다.

◆

언질을 받았음에도 불구하고 적잖게 무시하는 마음이 있었다.

'대단해봤자 인간이지.'

현 대륙을 대표하며 책임질 수준의 영웅이라고 하나, 결국 저들 세상의 이야기라고 여겼다.

때문에 가볍게 상대할 생각이었다.

'…맙소사!'

그리고 얼마 지나지 않아 모든 관념이 깨어졌다.

'진정… 인간이라고?'

마티나는 전신을 스쳐가는 아찔한 감각에 저도 모르게 몸을 떨어야만 했다.

'로드께서 하신 말씀이… 거짓이 아니었어.'

새로이 취임한 벨로아의 경고를 새삼 깨달았다.

〈수련을 좀 하려고 합니다.〉

그 말을 시작으로 가벼운 대련을 부탁하던 제튼의 모습에 한 수 제대로 보여줄 생각이었다. 하지만 그게 얼마나 잘못 된 생각인줄을 깨닫는 건, 그리 오랜 시간이 필요치 않았다.

'그냥… 농이라고 생각했건만.'

벨로아가 했던 이야기들이 하나하나 생각났다.

〈그를 일반적인 사람이라고 생각하면 안 되네.〉

〈나도 감히 경시할 수 없을 정도지.〉

〈모르긴 몰라도, 대륙 역사상 가장 강력한 인간일걸세.〉

그 이야기처럼 제튼은 강했다. 그리고 놀랍게도 그녀는 제튼을 상대로 '패배' 라는 단어를 떠올렸다.

"양보해 주셔서 감사합니다."

항시, 저 같은 말을 끝으로 대련을 마치는 제튼이었으나, 드래곤이라 불리는 그녀의 발달된 감각은 '진실' 을 비쳐줬고, 이를 통해서 제튼이 본신의 능력을 전부 발휘하지 않았다는 걸 알 수 있었다.

물론, 그녀 역시도 본체로 현신하지 않았다는 변명거리가 있었으나, 요 며칠 마주하며 대결을 해 본 결과, 어찌해도 패배를 피하기가 어렵다는 결론이 나왔다.

'괴물….'

그녀도 모르게 그런 생각이 들 정도로, 제튼을 인정하게 된 것이다. 그 때문일까? 어느새 제튼을 대하는 태도에 정중함이 묻어나오기 시작했다.

새로이 로드가 된 벨로아의 인정을 받은 사내에 대한 예우이며, 그와 더불어 인간으로써 초월적 영역에 든 절대자에 대한 일종의 존경심이기도 했다.

때문에 여러모로 그의 편의를 봐주게 되었는데, 그 중에는 아루낙 마을의 보호에 관한 부분도 포함되어 있었다.

굳이 언급하며 정식으로 언약을 한 건 아니었으나, 그녀는 태도로써 마음을 내비쳤는데, 이곳 아루낙 마을에서 멀지 않은 산자락에 새로이 둥지를 튼 것이 바로 그 증표였다.

뒤늦게 이를 알게 된 제튼이 정중히 고개를 숙여 보이며 그녀에게 감사를 표했다.

"덕분에 한결 편안한 마음으로 외출을 할 수 있게 되었습니다."

그리고 이 즈음에서 대륙은 본격적인 환란을 맞고 있었다.

전쟁!

날아든 소식에 제튼의 안색이 딱딱하게 굳어졌다.

눈치싸움만 하던 연합왕국이 서로를 향해 칼을 들이 댄 것이다. 언데드의 출현과 암흑시대의 경계로 인해, 섣불리

움직이지 않을 거라 여겼던 터라, 더욱 당혹스러운 소식이었다.

"후우… 무슨 생각을 하는 건지."

이미 각 왕국에도 목 없는 기사의 출현이 전해졌을 터였다.

듀라한!

일반적인 언데드가 아닌, 마계가 열려야만이 나온다는 암흑시대의 증표 같은 존재가 등장했다. 헌데도 서로를 향해 칼을 들이밀고 있었다.

사실, 언데드의 출현으로 분위기를 잡기는 했다. 하지만 정보원들의 조사를 통해, 그 수가 생각보다 많지 않다는 걸 알게 되면서, 다시금 각자의 영역으로 시선을 돌리게된 것이다.

게다가 언데드가 출몰한 지역은 서대륙이 아니던가. 중앙대륙을 중심에 두고 있는 연합왕국의 경우로써는 아직까진 긴장해야 할 수준이 아니었다.

"인간들은 예나 지금이나 변한 게 없군요."

옆에서 들려온 마티나의 음성에 제튼이 쓰게 웃었다. 그에게로 온 팔라얀 상단의 정보는 마티나 역시 읽고 있었는데, 이는 그녀의 요청으로 인한 것이었다.

〈암흑시대를 대비하기 위해, 인간세상의 정보를 얻고자 합니다.〉

이런 이유로 제튼에게 오는 정보들을 공유하기로 한 것이다.

따로 정보길드를 연결시켜 줄 테니, 그들을 이용하는 게 어떻겠냐는 조언을 하니, 제튼에게 들어오는 정보 역시도 상당한 양이고, 현 대륙의 흐름 정도는 파악할 수 있는 수준이라며, 그의 제안을 거절했다.

"듀라한의 등장을 알았다면, 바로 경계를 해야 하건만… 쯧! 여전히 인간들은 멀리 보려고 하지 않는군요."

이어지는 마티나의 이야기에 제튼이 재차 쓴웃음을 지었다. 그를 인정한 뒤로 언제나 존대를 해 주고는 있었으나, 따로 인간을 향한 관점이 변하지는 않은 듯 보였다.

드래곤들의 위치를 생각하자면 어쩔 수 없다고 여기면서도, 입맛이 쓴 건 여전히 그가 사람이기 때문이리라.

애써 표정을 푼 제튼이 그녀를 향해 물었다.

"혹여, 듀라한에 대해서 좀 더 자세히 들을 수 있겠습니까?"

이야기나 전설 등을 통해서 알고 있는 내용들이 있기는 하나, 드래곤인 마티나에게 좀 더 직접적으로 듣고자 이리 물었다. 이에 고개를 끄덕인 마티나가 이야기를 이었다.

"언데드 중에서도 하급의 좀비나 구울 정도는 중간계에 존재하는 죽음의 기운만으로 깨우는 게 가능합니다. 시체만 있다면 언제든 부릴 수 있는 수준이니까요. 하지만 듀라한의 경우는 조금 다릅니다. 이들은 마기 외에도 따로 영적인 힘도 필요합니다."

하지만 일반적인 영으로써는 그 형체를 유지시키기가 어려웠다.

"굳이 인간들의 수준으로 보자면, 오러를 형상화시킬 정도의 힘이 필요합니다."

그리고 이러한 영적 에너지는 마계를 통해야만 가능했다.

"따로 중간계에는 존재하지 않는 겁니까?"

제튼의 이어지는 물음에 마티나가 고개를 저었다.

"없는 건 아닙니다. 하지만 대자연으로 흩어지려는 중간계의 마나가 지닌 자유로운 성질 때문에, 따로 그만한 기운을 모으기가 쉽지 않지요."

이와 달리, 끈끈한 마계의 마기는 영적 에너지를 쉬이 한데 뭉치게 만들어줬다. 때문에 듀라한을 만들어내고자 한다면, 마계의 문을 여는 걸 기본으로 하고는 했다.

물론, 드래곤들이 관리하는 틈새의 공간에 걸리지 않을 정도로 미세한 크기의 통로였고, 그 마기의 유출 역시도 극소량이기에 그들 일족에게는 크게 경계시 될 이유가 없었다.

그렇다고 해서 마계를 열었다고 보기는 어려웠다. 마티나의 이야기처럼 중간계의 힘만으로도 듀라한 정도까지는 탄생시킬 수 있기 때문이었다.

"정말 문제가 되는 건 이 다음이지요. 영적 에너지가 일정 경계 이상을 넘어가면, 더 큰 힘을 깨울 수 있습니다."

데스 나이트!

죽음의 기사라고도 불리는 존재가 깨어나는 것이다. 그것도 일반적인 마물 수준이 아니었다.

마족!

그 힘의 크기가 별의 영역에 닿아있다고 알려져 있었고, 그 때문인지 데스 나이트는 마계에 속한 존재로써 분류되고는 했다.

"이들의 경우에는 죽음의 기운만 충분하다면, 얼마든지 그 힘을 늘릴 수 있다고 알려져 있습니다."

그렇다고 해서 무한정 힘을 키우는 건 아니었다. 그 한계가 있기는 했다. 하지만 충분히 별의 영역 그 너머까지도 한 발짝 걸칠 정도까지는 됐다.

"게다가 상황에 따라서는 영웅 급에 달하는 힘도 깨우고는 하지요."

물론, 쉽지 않은 상황이기도 했다. 데스 나이트에 모인 영적 에너지에 그만한 깨달음을 얻은 영적 존재가 끼어있어야만 가능한 일이기에, 드래곤들이 지닌 오랜 역사에서도 몇 없다고 알려져 있었다.

게다가 그만한 깨달음을 얻은 존재는 대부분 데스 나이

트와 같은 얽매인 존재로 깨어나는 걸 싫어하는 까닭에, 불가능에 가까운 일로 분류되어 있는 정보였다.

"말하다보니 설명이 길어져버렸네요."

그러나 언데드, 그 중에서도 듀라한 부터는 마계와의 연결을 고려해야 하기에, 이처럼 상세한 설명을 할 수밖에 없었다.

"듀라한 정도라면 성국의 자체적인 능력으로도 감당이 가능할 테지만, 혹여 데스나이트가 등장한다면 대신관의 힘으로도 정화하기가 어려울 거예요."

이 즈음에서 자연스레 떠오르는 존재가 있었다.

성녀!

그리고 마티나는 이번 시대의 성녀가 누구인지 벨로아를 통해 들은 상태였다.

일순, 제튼의 표정이 굳어졌고, 이를 본 마티나는 더 이상의 언급은 피했다. 그러면서 슬쩍 이야기의 방향을 돌렸다.

"인간들의 전쟁은 언데드 군단에게는 큰 힘이 될 거에요."

비록 마물 취급도 제대로 받기 어려운 언데드라고는 하나, 그들은 죽음과 함께하는 존재였고, 그런 만큼 전쟁에서 발생할 죽음의 기운은 언데드에게는 먹이와도 같을 터였다.

말인 즉, 이 시기에 발생하는 전쟁은 제 살 파먹기라는 소리였다.

"어떻게 하시겠습니까?"

그렇기에 묻는다. 제튼을 인정하며 그녀 일족과 같은 선상으로 높여줬다고는 하나, 그도 결국 인간이라는 걸 알기에, 그의 의사를 파악하고자 하는 것이다.

이에 제튼이 고개를 저으며 말했다.

"지켜봐야겠지요."

언제나 그의 대답은 변함이 없다. 이런 그의 대답에 마티나가 고개를 끄덕였다. 하지만 제튼의 이야기는 아직 끝난 게 아니었다.

"그리고… 알아봐야겠습니다."

무엇을?

'이 시기에 굳이 전쟁을 다시 일으키는 이유가 뭔지.'

연합왕국들의 의도가 무엇인지 확실히 하고 싶었다. 비록 그 숫자가 얼마 안 된다고는 하나, 분명 언데드가 등장했고 듀라한도 모습을 드러냈다.

그로 인해서 성국에 비상이 걸렸다고 한다. 당연히 각왕국들도 이 사실을 알고 있을 터였다. 그럼에도 불구하고 연합왕국은 도화선에 불을 붙였다.

그 의도가 궁금하지 않을 수가 없었다.

기회라고 생각했다.

"이 시기를 놓치면… 여기서 끝일 수도 있으니까."

가면사내는 싸늘한 안광을 내뿜으며 보고서를 내려놓았다. 연합왕국들이 본격적인 칼질을 시작했다는 내용들이 그득했다.

놀라운 이야기였으나, 그에게는 당연한 소식이었다.

그도 그렇게 이번 전쟁에 의도한 것이 바로 그레이브인 까닭이었다.

제국을 뒤엎으려던 계획이 실패했다. 마르셀론 공작도 죽어버렸다. 게다가 이를 위해 투입되었던 그레이브의 전력도 대부분 소실되었다.

말 그대로 최악의 상황인 것이다. 그나마 대륙 흐름을 훔쳐볼 수 있는 정보력이 아직은 남아있었고, 생활을 이어 나갈 자금 역시도 아직 마르지 않았다.

전력을 잃은 것이지 저력마저 잃은 건 아니었다.

허나, 이것만으로는 다시 재기하기까지 너무 오랜 시간이 필요하다는 걸 알았다. 때문에 골머리를 싸매고 있을 즈음, 새로운 소식이 날아들었다.

"언데드 군단?"

눈이 번쩍 뜨였다.

'이거다!'

저 흐름을 이용하기로 했다. 혼란을 조장하는 것이다. 그리고 자연스레 그 흐름 속으로 몸을 던져, 어둠 속에서 나오기로 계획을 잡았다.

아직 연합왕국과 연결된 선이 끊긴 것이 아니기에, 충분히 저들을 움직이는 게 가능했다. 남은 조직의 저력을 이용한다면? 혼란 정도는 금세 일어날 터였다.

아미르!

이미 그녀가 하늘이라는 걸 알았다. 때문에 적잖은 충격으로 한동안 헤매기도 했다. 하지만 그는 조직의 수장이었다.

때문에 계획을 달리하기로 한 것이다.

'하늘과 어울리는 존재가 되겠다.'

그러자면 밝은 태양 아래로 나올 필요가 있었다.

'암흑시대….'

상당히 위험한 흐름이었으나, 조직의 정보력을 움직여 상세한 조사를 한 결과, 언데드 군단이 생각보다 대단한 규모가 아니라는 걸 알았다.

덕분에 맘 놓고 이용할 결심을 내렸다.

혹여, 저들이 진정 암흑시대의 전초라면?

'상관없다!'

가면사이로 싸늘한 안광이 번뜩였다.

만약, 정말로 어둠이 몰려온다 할지라도 이 흐름을 이용할 것이다. 이 가면을 쓰던 그날, 이미 그는 악마와 계약을 한 거나 다름이 없었기에….

◆

가만히 누워 밀려드는 바람을 온몸으로 맡고 있노라면, 자연스레 그 흐름을 따라 귓속으로 들어오는 이야기들이 있었다.

황국 브레이브.

그리고 수도 크라베스카.

그 넓은 공간을 아우르며 방대한 양의 대화들이 그를 향해 흘러들러왔다. 그리고 이를 가만히 추리고 추려 하나의 정보들로 만들어내니, 홀로 한 개 정보길드의 역량을 소화할 수준이었다.

"이 와중에 전쟁이라니. 아주 가관이란 말이지."

천마는 실실 웃음을 흘리면서 대륙의 상황과 관련된 정보들을 분류했다.

"분위기가 안 좋기는 했지만, 그래도 너무 뜬금없어."

이번 전쟁 속에 보이지 않는 수작질이 끼어있음을 짐작했다.

"뭐, 상관없지. 덕분에 네크로맨서 놈들만 살판나는 거지. 큭!"

이런 흐름대로라면 그가 바라는 경고는 확실하게 될 거라고 여겼다. 가볍게 웃음을 터트리던 그가 슬쩍 아래쪽을 바라봤다.

그가 누워있는 곳이 사자의 탑 꼭대기인 만큼, 한 눈에 황궁의 풍경이 들어왔다. 그런 풍경의 끄트머리로 익숙한 얼굴이 보였다.

'로렌스.'

자연스레 입 꼬리가 올라갔다. 그가 가르쳐준 진법을 스스로 개량하고 발전시켜, 특별한 기운을 품지 않고서도 충분히 경계 너머의 능력을 보여주는 여인이었다.

그녀가 간혹 보여주는 수법들을 보고, 그 술식을 계산하고 있노라면 그마저도 감탄이 나올 때가 한 두 번이 아니었다.

모르긴 몰라도 마법을 익혔더라면 능히 대마도의 영역에 이르렀을 터였다.

지금 역시도 별 다른 능력이 없건만 단번에 그가 누워있는 장소를 찾고, 저처럼 시선을 올려 보내고 있지 않은가.

상당한 거리가 있건만, 지척에서 바라보는 것 마냥 동공을 맞춰온다. 이 역시 그녀가 변형한 진법의 영향이라는 걸 알고 있었다.

그녀가 입고 있는 옷으로 시선이 갔다. 곳곳에 새겨진

문양이라거나, 매듭의 형태 그리고 치장들이 하나의 흐름을 이루고 있는 것이 느껴졌다.

　마치 마법 도구마냥 옷에 진법의 흐름을 담은 것이다. 더욱 놀라운 건, 태양과 달 그리고 하늘과 땅의 위치 등등까지 고려할 수 있도록 제작되어 있다는 점이었다.

　'대종사급이네.'

　그가 살던 세상에도 저만한 진법가는 존재하지 않았던 걸 기억하고 있었다. 절로 흐뭇한 마음이 들었다.

　'내가 잘 가르친 덕분이지!'

　물론, 결론은 자화자찬으로 끝났다.

　'확실히 눈치를 챈 것 같은데….'

　수시로 그를 찾아와 얼굴을 마주하고 간다. 굳이 정체를 숨길 이유는 없었으나, 그래도 대놓고 드러낼 생각도 없었기에, 의도적으로 대화의 기회도 주지 않았다.

　그럼에도 불구하고 로렌스는 그에 대한 확실을 얻어가는 것 같았다. 그저 먼 거리에서 얼굴만 볼 뿐이건만, 거기에서 무언가 느끼는 바가 있는 것인지, 하루가 다르게 표정이 변해갔다.

　그리고 오늘, 그녀의 눈에 비치는 기색은 '완전한 확신'이었다.

　저 멀리서 제튼의 노호성이 들려오는 것 같았다.

　"이건 내 잘못이 아니라고."

어깨를 으쓱이며 혼잣말로 변명을 내뱉었다.

"굳이 죄가 있다면, 주체할 수 없는 매력이려나."

혼잣말처럼 중얼거린 그가 훌쩍 탑 아래로 몸을 던졌다.

로렌스는 자신을 향해 걸어오는 천마를 보며 안색을 굳혔다. 요 며칠 만나려 해도 만나주지 않던 그가 드디어 만남을 허락했다는 생각에 긴장감이 몰려든 까닭이었다.

'정말… 그 분?'

많은 생각을 했다.

천마와 제튼 그리고 브라만

상단주로써의 업무도 뒤로 한 채, 이들 세 사내의 관계에 대해서만 전념하며, 그녀가 '찾고 원하던' 사내에 대해 떠올리고 떠올리며, 과거를 다시금 훑어나갔다.

그러고 있노라면 이상하게도 천마의 모습과 브라만 대공의 모습이 겹쳐지는 경우가 많았다. 제튼 역시도 겹쳐지는 건 마찬가지였지만, 그는 미묘하게 그림이 비틀리는 느낌이었다.

〈형제라던데.〉

문득, 오르카의 이야기가 생각났다.

천마와 제튼 두 사내가 형제?

눈이 번쩍 뜨였다. 그와 동시에 하나의 가설이 만들어졌다.

'어쩌면…'

브라만 대공은 두 사람이 아니었을까?

진실 그리고 거짓.

그 둘이 교묘하게 섞여 들어가는 순간이었다.

뒤이어 그녀의 기억 속 브라만 대공의 자리에 천마라는 사내가 덧칠해지며 새롭게 자리 잡고 있었다. 자연스레 제튼의 그림자는 그 밑으로 사라져버렸다.

잠시 상념에 빠져있던 사이, 코앞까지 다가온 천마가 웃으며 물어 왔다.

"한 판 할래?"

다자고짜 이 무슨 말이란 말인가. 벙찐 표정으로 로렌스가 그를 바라보고 있자니, 천마가 웃으며 말을 이었다.

"두 판도 괜찮고. 세 판은 더 좋고."

"픕!"

결국 웃음이 터져버렸다. 저 독특한 말투, 태도, 표정, 눈빛, 더 이상 의심의 여지가 없었다.

그녀가 찾고 바래왔던 브라만 대공이 눈앞에 있었다.

◆

수시로 날아드는 소식들에 슬쩍 웃음이 나왔다.

"킥킥킥킥! 언데드에 듀라한이란 말이지. 재밌다. 재밌어!"

연신 웃음을 터트리던 로브인이 시선을 옆으로 돌리며 물었다.

"네 생각은 어때? 정말로 암흑시대가 열릴 것 같냐?"

로브인의 시선이 닿는 곳에는 시체처럼 늘어진 사내가 한 명 보였다.

궁귀!

창백한 안색의 사내는 놀랍게도 초원의 지배자라고도 불리는 에룬이었다.

"이번에도 흑마법사 놈들이 그냥 장난을 치는 걸까? 정말로 어둠이 밀려오는 걸까?"

연달아 질문이 이어졌으나, 당연하게도 대답을 할 수 있는 상태가 아니었다.

"뭐, 열리면 어떻고 안 열리면 어떠냐."

혼자 묻고 혼자 답까지 한 로브인이 에룬에게 바싹 붙으며 귓가에 속삭이듯 말했다.

"이미 너로 인해서 '피의 하늘'이 열렸는데. 킥킥킥킥!"

괴상한 이야기를 하던 로브인이 돌연 에룬의 옆구리를 거세게 찔렀다.

푸욱!

순식간에 손이 파고들이 핏물이 솟구치는데, 그 기겁할 상황 속에서 더욱 기이한 현상이 발생했다.

스스스스…

주변으로 퍼져나가던 핏물이 거짓말처럼 에룬의 육신으로 돌아가는 것이 아닌가. 그러더니 순식간에 상처가 닫히고 재생되더니, 그 흔적을 지워버렸다.

그 모습에 한 차례 더 웃음을 터트리던 로브인이 바닥으로 시선을 보냈다.

"얼마 안 남았구나. 킥킥킥!"

그의 시선이 닿은 곳에는 육신으로 돌아가지 못한 핏물 몇 방울이 꿈틀대고 있었다.

로브인이 손을 움직이자 핏방울들이 한 데 뭉쳐서 떠올랐다. 그러더니 죽은 듯 늘어진 에룬의 입 속으로 날아 들어가는 게 아닌가.

시체마냥 창백한 에룬의 얼굴을 바라보던 로브인이 짧게 실소하며 중얼거렸다.

"킥킥킥킥! 슬슬 파스카인 공작과도 인연을 끊을 때가 왔구나."

❖

사막에는 무수히 많은 부족들이 존재했다. 자그마한 소수 부족부터 한 개 성의 규모를 자랑할 정도의 대 부족까지, 그 수를 굳이 헤아리자면 세 자릿수에 달할 정도로 많은 수의 부족들이 사막의 뜨거운 햇살을 받아들이고 있었다.

 그 어마어마한 수의 부족들이 최근 들어 급속도로 줄어들고 있었는데, 이는 사막의 영웅이라고까지 불리는 걸출한 인물로 인해서였다.

 붉은 용!

 사막의 부족들을 하나하나 통합해가는 사내로써, 어느새 그의 힘에 굴복한 전사들의 숫자가 사막 전체의 절반에 달한다고 알려져 있었다.

 게다가 그의 밑으로 들어온 세력들을 나열하고 보면, 이미 대부분의 부족이 그에게 고개를 숙였다고 봐도 과언이 아니었다.

 유일하게 그의 힘에 대항할만한 세력이라고는 사막 남쪽의 왕이라고 불리는 '푸른 전갈'의 '카락' 부족 뿐이었다.

 물론, 몇몇 소규모 부족들이 남아있기는 했지만, 카락 부족만 제압한다면 자연스레 붉은 용에게 엎드릴 것이었다.

 그리고 그 때가 된다면 사막은 단 하나의 거대 왕국만이 남을 터였다.

 하지만 사막일통은 생각보다 쉽지가 않았다.

 푸른 전갈!

그 역시도 사막의 영웅이라 불리기에 부족함이 없는 전사인 까닭이었다.

실제로도 붉은 용과 푸른 전갈의 능력은 비슷하다고 알려져 있었다. 그럼에도 불구하고 붉은 용의 존재가 사막을 뒤흔드는 건, 두 전사의 위치에 있었다.

한 명은 태생부터가 정점에 서 있던 존재였고, 다른 한 명은 그 시작을 밑바닥에서 일으킨 존재였다.

전사들을 선호하는 사막의 풍습으로 인해, 불굴의 의지로써 바닥에서부터 정점까지 치고 올라온 사내에게 좀 더 큰 호응을 하는 건 어쩔 수 없는 반응이었다.

그리고 이 밑바닥의 영웅이 바로 현 사막을 뒤흔드는 전사 붉은 용이었다.

'에틀락' 부족 족장의 아들으로써, 그 나름대로 혈통이 있기는 했으나, 워낙에 소규모 부족인데다가, 그 위치가 족장의 일곱 번째 부인의 아들인 까닭에, 실질적으로는 족장의 권위에서 벗어나있다고 볼 수 있는 위치에 있었다.

게다가 선천적으로 워낙에 나약한 체질을 타고났던 탓에, 더더욱 붉은 용이라고 불리는 전사의 의지가 남다르게 느껴지는 것이었다.

전사의 세상에서 그런 체질은 괄시받고 천대받기에 충분한 까닭이었다. 실제로도 붉은 용의 유년기 시절은 비참하기 그지없었다고 알려져 있었다.

이런 저런 특별한 이유로 인해 붉은 용의 이름이 사막을 떨쳐 울리고 있는 것이지, 푸른 전갈을 압도하는 것은 아니었다.

때문에 카락 부족과의 일전은 생각보다 오랜 시간 이어질 수밖에 없었다. 하지만 슬슬 그 마지막이 다가오고 있었고, 사막 대부분의 사람들은 전투의 끝을 짐작하고 있었다.

용의 승리!

올해가 지나기 전에 사막에 새로운 태양이 뜰 것이라고 여겼다. 이처럼 새 역사가 쓰이려는 찰나, 갑작스런 변수가 찾아들었다.

"언데드?"

사막의 붉은 용 '랍탑 콴'의 표정이 살짝 굳어졌다. 이미 서대륙에 부는 죽음의 바람 정도는 알고 있었다. 하지만 크게 신경 쓰지는 않았다.

그의 영역인 사막의 일이 아닌데다가, 당장 그에게는 푸른 전갈과의 결전이 남아있는 까닭이었다. 다른 데에 신경 쓸 겨를이 없었다.

헌데, 더 이상 무시하기가 어려운 상황이 펼쳐졌다.

"놈들이 사막으로 들어왔다고?"

언데드 군단이 그의 영역에 발을 들인 것이다. 아직은 그 끄트머리에 겨우 발만 걸친 수준이었으나, 머지않아 사막 깊숙이 들어오게 될 거라는 것 정도는 알 수 있었다.

"으드득!"

푸른 전갈과의 결전이 코앞이건만, 뜻밖의 변수가 밀려들어오니 그 분노를 참기가 어려웠다.

이런 그의 모습에 대기하고 있던 그의 호위들이 바싹 긴장했다.

어릴 적 빈약하던 체질의 흔적이 이어진 것인지, 언뜻보자면 유약해보일수도 있는 외형을 지닌 랍탑이었으나, 그 성정은 사막 전사를 중에서도 가장 거칠고 흉폭한 까닭이었다.

"후우우우···."

하지만 다행스럽게도 분노를 다스린 듯, 깊이 몰아쉬는 숨소리와 함께 그의 안색이 일부 풀리는 게 보였다.

"지금이라도 당장 푸른 전갈을 쳐?"

혼잣말처럼 내뱉는 그의 중얼거림에, 곁에서 대기하고 있는 '바탑 탄'이 고개를 흔들며 말했다.

"저들 언데드 군단의 목적이 아직 확실치는 않으나, 콴의 영역에 발을 들였다는 건 부정할 수 없습니다. 이런 와중에 푸른 전갈과 결전을 치른다니요. 저들 시체의 무리에게 등 뒤를 물릴 수도 있습니다."

붉은 용의 책사라고도 불리는 바탑의 이야기에 랍탑의 인상이 와락 구겨졌다. 바탑의 말이 옳다고 여긴 까닭이었다.

게다가 상대는 푸른 전갈이었다. 전심전력을 기울여야 하는 상대가 아니던가. 이런 시기에 신경을 뒤로 분산시킨다는 건, 자칫하다가는 큰 위협이 될 수도 있는 일이었다.

"후우… 그래서 어쩌라고?"

기분이 좋지 않은 듯, 나오는 말이 곱지 못했다. 하지만 이미 익숙한 듯 바탑은 정중히 고개를 숙여 보이며 입을 열었다.

"우선은 지켜봐야겠지요."

푸른 전갈을 코앞에 두고 발길을 돌릴 수는 없었다. 전체적인 사기의 문제였다.

"마침, 저희에게도 적절한 휴식이 필요하던 시기입니다. 이참에 전사들에게 정비를 할 시간을 주고, 그 시간을 이용해서 저 시체 놈들이 무엇을 목적으로 움직이는지 살필 필요도 있습니다."

"그건 왜?"

당연히 이어지는 반문에 바탑이 바로 말을 받았다.

"아시다시피 언데드입니다. 검은 태양을 예고하는 무리들이기도 합니다. 그저 그늘 손의 장난질이라면 모르겠지만, 만약 정말로 검은 태양을 예고하는 것이라면, 저희 역시도 시체 놈들에게 관심을 기울일 필요가 있습니다."

"하긴… 검은 태양은 우리 사막일족도 피해갈 수 없는 부정한 것이니. 쯧!"

사막의 역사에는 흑마법사를 그늘 손이라 표현하고, 암흑시대를 검은 태양이라 칭했는데, 그들의 역사에서도 이 시기는 사막이 가장 메마르는 고통의 시절이라고 전해져 왔고, 그 때문에 랍탑이 저들 언데드 군단의 존재에 불쾌감을 나타내는 것이기도 했다.

물론, 사막일통의 결정타인 푸른 전갈과의 일전을 방해한다는 이유도 무시할 수는 없었다.

바탑의 이야기가 이어졌다.

"게다가 듀라한이라고 불리는 목 없는 기사도 등장했습니다. 어쩌면 그늘 손의 장난질이 태양을 검게 물들일 확률이 높습니다."

"그래서 결론이 뭐야?"

짧게 던져오는 랍탑의 물음에 바탑이 잠시간 주저하는가 싶더니 조심스레 입을 열었다.

"여차하면 푸른 전갈과의 결전을 내년으로 미뤄야 할지도 모르겠습니다."

랍탑의 표정이 와락 구겨졌다. 동시에 그의 주변으로 붉은빛 아지랑이가 피어나기 시작했다.

그를 붉은 용이라고 부르게 만들어진 기운이었다.

'염병!'

바탑의 안색이 시꺼멓게 죽었다. 랍탑의 분노가 경계선을 넘었다는 걸 느낀 것이다. 어느새 그의 다리는 슬금슬금 뒷걸음질을 쳤고, 호위들은 막사 밖으로 뛰어나가기 시작했다.

　잠시 후,

　"끄아아악!"

　바탑의 아찔한 비명소리와 함께 붉은 용이 깨어났다.

❖

　일만 남짓이던 죽음의 병력들은 어느 순간 그 배로 수를 불리는가 싶더니, 순식간에 5만에 달하는 숫자가 되어 서 대륙을 가로지르고 있었다.

　그들을 막기 위해서 각 왕국의 기사들과 병력이 움직였으나, 도통 이들을 막을 수가 없었다.

　죽음을 통해 움직이는 까닭일까?

　죽여도 일어나고 죽여도 일어나는 시체들의 끝없는 전진은 도저히 막을 길이 없어 보였다. 그러다보니 연신 뒷걸음질을 치는 횟수가 많아졌고, 자연스레 언데드 군단에게 길을 열어주는 경우가 늘어났다.

　이 즈음에서 새로운 사실이 각 국가의 눈에 잡혔다.

　"…별다른 피해가 없다고?"

　교황은 보고서를 내려놓으며 이해할 수 없다는 표정을 지었다. 그도 그렇게 지금까지 언데드 군단으로 발생한 피해가 생각보다 경미했던 까닭이었다.

굳이 그들을 막겠다며 움직였던 기사단과 병사들의 피해를 제외하고는, 따로 언데드 군단이 치고 들어가서 피해를 일으킨 적은 없다는 것이다.

최초, 언데드의 침공이 발생했다는 보고서가 올라오던 당시에도, 먼저 그들에게 달려들어 피해를 입었을 확률이 높다고도 적혀있었다.

이 기괴한 내용에 교황의 미간 가득 주름이 잡혔다. 보고서에 적힌 내용의 진실과 거짓을 구분하고자 하는 것이다.

'게다가… 뭐? 언데드가 민가지역을 피해서 움직이는 것 같다고?'

도통 거짓말 같은 이야기만 잔뜩 늘어놓고 있으니, 누가 이를 보고 진실이라 할 수 있겠는가.

하지만 성국의 요원들이 피땀흘려가며 얻어온 정보였다. 성국의 정점에 앉아있는 교황이기에 그들의 능력 역시도 잘 알고 있었다. 때문에 보고서의 내용은 부정하기도 어려웠다.

"후우…."

또 다시 두통이 이는 듯, 자연스레 펜던트로 손이 갔다.

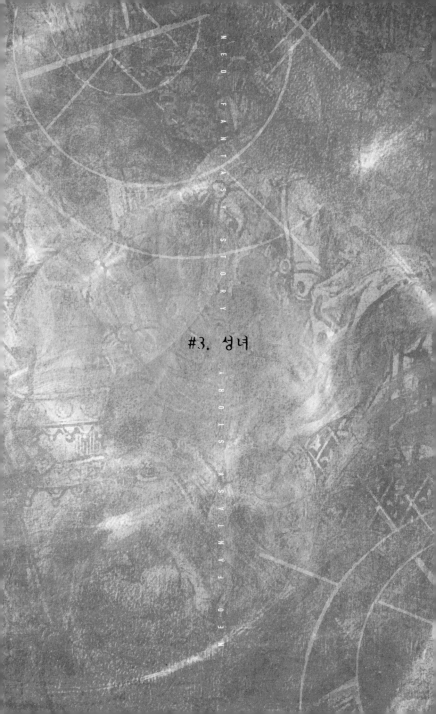

#3. 성녀

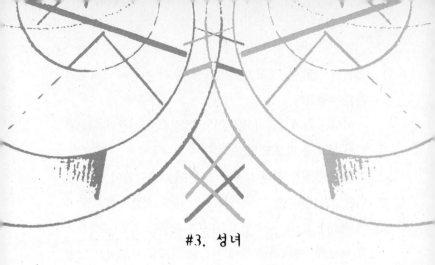

#3. 성녀

성국에서 기사단이 출발했다는 보고가 각국으로 퍼져나 갔다.

암흑시대를 예고하는 언데드의 등장인 만큼 당연한 흐름이었으나, 생각보다 그 대처가 느리다고 여겨지는 건, 아무래도 성국도 하나의 '국가' 이기 때문이었다.

어찌되었건 저들 언데드의 무리가 움직이는 장소는 성국이 아닌 다른 왕국의 영토가 아니던가. 타국에 발을 들이는데다가, 기사단의 전력이 투입되는 일이었다. 성국으로써도 각 국가에 정식으로 통보 및 허락을 맡아야만 하는 까닭에, 지체되는 시간이 있을 수밖에 없었다.

그나마 듀라한 소식으로 인해 이 정도 시간에 통행증이

떨어진 것이지, 그게 아니었다면 좀 더 시간이 필요했을 확률이 높았다.

어쨌든 성기사단이 움직이고, 정식으로 신관과 대신관 역시 그 길을 따르고 있었다.

오랜 세월을 건너 다시금 빛과 어둠의 격돌이 있을 것이란 소식은 수많은 국가의 눈과 귀를 집중하게 만들기에 충분했고, 그 덕분인지 이들과 관련된 정보는 생각보다 빠르게, 거의 실시간에 가까울 정도로 보고되고 있었다.

그리고 이런 급박한 정보의 흐름 덕분인지, 그 일부가 외부로 알려지면서 일반 백성들 역시도 생각보다 빠르게 이들의 소식을 접할 수 있었다.

"허어…."

마르한은 고개를 절레절레 흔들며 한숨을 내쉬었다. 날 아드는 이야기들 속에서 성기사단과 언데드의 충돌소식을 들은 까닭이었다.

가벼운 맛보기라는 식의 이야기들이 떠돌고 있었으나, 중요한 건 언데드의 진군을 막지 못했다는 부분이었다.

그저 입에서 입을 타고 넘어오며 떠도는 소식이다 보니, 그 정확도를 측정할 수는 없었으나, 아주 없는 이야기만은 아닐 거라고 여겼다.

"또 얼마나 많은 피해가 있었을지…쯧!"

상대가 언데드인 만큼, 그 피해가 만만치 않았을 게 분명했다. 어쨌든 성국을 대표하며 출정한 성기사단이 아니던가. 어지간한 피해를 입기 전에는 후퇴를 하지 않을 터였다.

"어찌 생각하시오?"

그의 시선이 옆으로 돌아갔다. 40대 중반의 사내가 서너 발자국 옆에서 걸음을 맞추고 있었다. 마르한을 잡으러 왔다가 동행하게 된 이단 심판관 '나일'이 딱딱하게 굳은 표정으로 입을 열었다.

"많이… 다쳤을 것입니다."

직위 상으로는 마르한보다 위에 있고, 그를 잡아들여야 하는 위치이기에, 초반부터 유지하던 딱딱한 반응에는 변함이 없었으나, 마르한의 나이와 명성을 알기에 더 이상 말을 놓지는 않았다.

동행하는 사이 마르한의 성품에 상당부분 감화된 이유도 제법 컸다.

짧은 대답과 함께 한 호흡 생각을 하는가 싶던 나일이 다시금 입을 열었다.

"들리는 이야기를 종합해 본다면, 지금 출정한 성기사단은 성광기사단일 확률이 높습니다. 제가 아는 성광기사단의 단장은 자존심이 강한 사람입니다. 큰 피해를 입었다고 해도 쉽사리 물러서려 하지 않을 겁니다."

그럼에도 불구하고 언데드 군단의 진군소식이 들려왔다는 건, 괴멸에 가까운 피해를 입고 물러났을 확률이 높았다.

이런 추측으로 인해 나일의 표정이 더욱 안 좋은 것이기도 했다.

"허어… 그렇구려."

자연히 마르한의 안색 역시도 더욱 어두워졌다. 예상했던 것 이상의 피해를 생각하려니 표정이 좋을 수가 없었다. 그나마 가슴의 답답함을 한 꺼풀 풀어주는 소식이 들어왔다.

"다음!"

어느새 그들의 차례가 된 것인지, 경비병들이 다가오고 있었다. 그 너머로 어렴풋이 보이는 제국 수도의 풍경이 작게나마 가슴을 달래줬다.

메리를 떠올리고 있노라니, 희미하게나마 미소도 지을 수 있었다.

제국의 수도 크라베스카.

성자라고 추앙받는 마르한의 마지막 여정도 어느새 끝을 향해가고 있었다.

◈

거의 매일처럼 수련을 한 덕분일까?

"감각이 제법 날카로워 진 것 같기는 하네."

제튼은 한 차례 고개를 돌리며 저 앞으로 시선을 던졌다. 엉망이 되어버린 대지 위로 호흡을 고르고 있는 마티나의 모습이 보였다.

항상 그의 대련상대가 되어준 덕분일까? 그녀 역시도 상당한 진전이 있어 보였다. 초기에는 대련이 끝날 즈음이면, 기력이 다해 바닥에 너부러졌던 그녀가 지금은 대련이 끝난 뒤에도 신형을 바로 세우고 있는 것이 그 증거였다.

여전히 지친 기색이 역력했으나, 발전을 했다는 사실만큼은 분명했다.

사실, 제튼의 실력을 생각해 봤을 때, 마티나와의 대련이 그의 발전에 큰 도움이 되는 건 아니었다. 게다가 본체도 아닌 폴리모프 상태라는 걸 감안한다면, 그의 수련이 아닌 마티나의 수련이라고 봐도 과언이 아닐 정도였다.

때문에 제튼 스스로 제한을 걸고 족쇄를 채웠다.

천마신공의 배제!

가히, 절대라고 해도 과언이 아닌 그 무적의 기운을 봉인한 것으로써, 순수하게 제튼 스스로 쌓은 기운만으로 마티나와 대련을 하고 있었다.

'…순수하다고 하기는 어려우려나.'

쓰게 웃은 제튼이 자신의 연공법을 떠올렸다.

분명, 그의 것이 안정성 면에서는 최고라 할 수 있으나, 그 축적량에 있어서는 뛰어나다고 할 만한 수준의 연공법이 아니었다.

움직이면서도 연공이 가능하다고는 하나, 그러면서도 그 축적량이 대단하다고 하기에는 어려웠다.

그러나 느리다고 할 법한 것도 아니기에, 꾸준히 연공을 하고 깨달음만 뒷받침 된다면, 얼마든 경지에 오르는 게 가능했다.

그 증거라고 할 수 있는 게 바로 쿠너였다. 그의 연공법과 깨달음을 통해 20대에 이미 별의 영역에 들어서지 않았는가.

하지만 천마신공에 비교하기에는 한참이나 부족한 것 역시도 사실이었다.

'…신공이니까.'

무림의 세상에서도 절대의 지존공이라 불리는 것이 천마신공이 아니던가. 나름대로 천마에게 배우며 깨우친 것들을 도입해서 탄생시켰다고는 하나, 천마신공의 아성을 무너트리는 건 무리가 있었다.

때문에 원래대로라면 그 스스로 순수하게 쌓은 기운만으로는 마티나를 압도하기가 어려웠을 터였다.

천마로 인해 단련되어 있는 육신.

신공을 통해 완벽히 뚫린 기운의 통로.

이 같이 완성된 신체를 지니고 있었기에, 그의 연공법으로 도달할 수 있는 연공의 한계를 훌쩍 뛰어넘은 것이다.

게다가 천마신공의 텃세로 인해 새로운 기운을 모으기가 어려울 수도 있었건만, 천마가 따로 길을 열고 공간을 마련해주기까지 한 덕분에, 더욱 수월하게 기운을 받아들이고 모을 수 있지 않았던가.

여러모로 그의 연공법은 기준점 이상의 조건과 환경을 부여받았다고 볼 수 있었다.

'인정하기는 싫지만….'

냉정히 분석을 한 결과였다. 굳이 쿠너를 기준으로 삼는다고 해도, 별의 영역 그 너머에는 닿을지언정, 지금 그와 같은 능력을 쌓기는 어려울 거라는 게 그의 결론이었다.

'뭐… 아주 불가능한 건 아니겠지만.'

부족하다 여기면서도 스스로가 만든 연공법에 대한 자부심 혹은 자존심 때문일까? 내심으로는 쿠너가 더욱 발전하며 그가 경계지어버린 한계를 돌파해줬으면 하는 마음도 적잖게 있었다.

고개를 절레절레 흔든 제튼이 애써 상념을 밀어내며 자신의 상태를 점검했다.

'이 정도면… 처음보다는 나아졌군.'

최초, 마티나와 대결을 하던 당시에는 본신의 능력만으로는 감당하기 힘들 때가 있었고, 그럴 적에는 무의식중에 천마신공의 기운을 끌어 쓰고는 했었다.

하지만 최근 들어서는 더 이상 천마신공을 깨우는 일이 없었다.

절대의 지존공인 까닭일까? 천마신공을 사용하다보면 그도 모르게 힘에 의존하는 경향이 생겼는데, 사실 이는 그의 전투법이 아니었다.

'천마가 즐겨 쓰던 거지.'

그가 사용하던 건 언제나 딱 필요한 만큼의 힘으로 대응하는 게 그의 전투법이었다. 과거, 심상세계에서 천마와의 경지차이로 인해 생겨난 나름의 임기응변이 발전의 발전을 거듭해서 개화한 것이라고 할 수 있었다.

하지만 천마신공에 의지하게 되면서 그도 모르게 힘에 의존하는 일이 많아져 버렸다.

본의 아니게 이어졌던 천마와의 연이은 결전들로 인해, 다시금 초심을 되짚을 수 있었고, 이처럼 본연의 감각을 다시 일깨우게 된 것이다.

'만약의 사태를 대비해서라도…'

이 능력을 극한까지 단련할 필요성이 있었다.

"정말, 대단하네요."

문득 들려온 음성에 시선이 돌아갔다.

"저도 나름대로 늘었다고 생각했는데, 여전히 일방적이기만 하니. 이래서야 제가 수련에 도움이나 되는지 모르겠네요."

어느새 호흡을 고른 듯, 마티나가 다가오며 말을 건네오고 있었다.

상념들을 걷어낸 제튼이 슬쩍 웃어 보이며 말을 받았다.

"그런 말씀 마십시오. 마티나님 덕분에 제 스스로 부족한 것들을 다시 깨우치고 있습니다. 게다가 일방적이라니요. 보시다시피 저도 아주 엉망입니다."

"후후… 말씀만이라도 고마워요."

씁쓸한 그녀의 미소를 보아하니, 정말로 예의상 하는 말로 여기는 모양이었다.

"정말로 마티나님 덕분에 많은 도움이 되고 있습니다."

재차 강조를 하는 제튼의 눈빛과 표정 그리고 태도로 인해, 작게나마 마티나의 미소가 부드러워졌다. 진심이라는 걸 느낀 까닭이었다. 그럼에도 불구하고 여전히 얼굴에 그늘이 보이는 건, 그녀 스스로의 부족함을 통감한 까닭이었다.

여전히 제튼과의 격차가 너무 크게 느껴진 까닭이었다.

중간계의 조율자이자 절대자라 불린다는 이유만으로, 너무 나태하고 안일한 삶을 살았다는 생각마저 들 정도였다.

동시에 걱정도 들었다.

'이 정도의 능력을 지니고서도 부족하다고 여길 정도라니.'

한동안 이어졌던 대련의 시간들 덕분일까? 은연중에 인간인 제튼을 존경하는 마음마저 생긴 그녀였다. 헌데, 그런 강자가 여전히 불안감을 내비치고 있으니, 새삼스레 다가올 암흑시대에 대한 우려가 커질 수밖에 없었다.

'하긴… 그러니 로드께서 바쁘게 권능을 수습하려 하시는 거겠지.'

뿐만 아니라 심각한 부상으로 인해, 강제 수면기에 들었던 라바운트 역시도, 그 스스로 무리해가며 몸을 일으키려는 징조가 보인다는 소식이 있었다.

잠을 자고 있다고는 하나, 그렇다고 해서 외부와 전혀 연락을 못하는 건 아니었다. 마치 마계의 몽마가 그러하듯, 꿈결 중에 한 줄기 의식 정도는 날려 보내는 게 가능했고, 이를 통해서 의사를 전해온 것이다.

이를 돕고자 일족의 장로급 드래곤들이 이미 움직이는 중이기도 했다.

마티나가 비록 드래곤으로써 오랜 세월을 살아왔다고는 하나, 인간으로 치면 이제 겨우 성인식을 치른 정도밖에 되지 않았다.

당연하게도 그녀에게는 암흑시대에 대한 기억이 없었다. 그렇다고 해서 암흑시대를 거치지 못한 건 아니었다. 단지, 그 시기는 인간의 유년기와 같아, 일족에서도 외부와 단절을 시켜놓았고, 그 덕분에 암흑시대에 대한 경험이 없는 것이었다.

하지만 그 위험성이 얼마나 클지에 대해서는 인지하고 있었다. 일족 어른들의 이야기와 지식들이 암흑시대를 경계하게 만들어준 것이다.

"오늘도 고생 많으셨습니다."

문득, 제튼이 그 말과 함께 정중히 고개를 숙여오는 게 보였다. 이날의 수련이 끝을 맺었다는 의미였다. 하늘을 올려다보니 확실히 날이 어둑해지는 것이, 슬슬 들어갈 때가 된 것 같았다.

"고생하셨어요."

마주 인사를 하며 발길을 돌리려는 찰나였다.

우우우웅…

제튼의 품 안에서 자그마한 진동소리가 들려왔다. 사반트와 통신용으로 사용하는 마법도구가 내는 신호였는데, 이를 통해서 새로운 정보가 들어왔음을 알 수 있었다.

팔라얀의 요원이 정보를 전달해주는 덕분에, 최근에는 그리 울리지 않던 통신기였다. 뭔가 급박한 정보라는 예감이 들었다.

급히 꺼내어 살피던 제튼의 표정이 딱딱하게 굳어졌다.

영상으로 내용을 전달하는 방법과 글로써 남기는 방법이 둘 다 사용되는 통신기에 몇 자의 글이 적혀 있있는데, 그 내용이 제튼을 심각하게 만들었다.

〈방랑사제 수도입성.〉

저도 모르게 두 눈이 질끈 감겼다.

◆

다행이라고 해야 할까?

사막을 침범한 죽음의 무법자들은 오로지 한 방향만을 바라보며 전진할 뿐이었다.

갑작스런 사태에 바싹 긴장했던 붉은 용과 그의 전사들은 안도의 한숨을 내쉬면서 다시금 푸른 전갈과의 일전에 전념할 수 있었다.

물론, 그렇다고 해서 당장 전쟁을 시작한 건 아니었다. 아직 언데드의 무리가 사막을 지나는 중이었기에, 여전히 죽음의 그림자가 등 뒤에 머물고 있는 것이나 마찬가지인 까닭이었다.

때문에 좀 더 지켜봐야 할 필요성이 있었다. 게다가 요 몇 해 동안 지긋지긋할 정도로 전쟁을 이어온 탓인지, 사막에는 죽음의 향기가 넘실거리고 있질 않던가.

언데드에게는 더없이 좋은 환경이 조성되어 있는 것이다.

수시로 들어오는 보고에도 이와 관련된 내용들이 담겨 있었으니, 하루가 다르게 언데드의 기세가 흉흉해지는 게 느껴진다고들 했다.

당연히 저들 죽음의 그림자가 사막을 벗어나기 전까지는 몸을 사릴 수밖에 없었다.

"쯧!"

짧게 혀를 찬 랍탑이 바탑을 바라봤다.

요 근래 언데드의 존재로 인해 기분이 좋질 않았던 까닭일까? 그의 분풀이로 인해 얼굴을 퍼렇게 멍들이고 있는 바탑의 모습에 슬쩍 미소가 지어졌다.

'변태야. 분명, 변태가 틀림없어.'

한 차례 몸서리를 친 바탑이 조심스레 입을 열었다.

"아무래도 올해가 지나기 전까지는 푸른 전갈과 일전을 치르기가 어려울 것 같습니다."

랍탑의 입가에서 미소가 사라졌다.

"그러니까 내년까지 기다려라?"

묻는 그의 표정이 살살 구겨진다.

"…예."

당연히 대답하는 바탑의 긴장감 역시 극도로 올라갔다.

"내가 분명이 올해가 가기 전까지 푸른 전갈을 잡겠다고 했었다."

확실히 올 초에 그런 이야기를 하기는 했었다.

"결국, 나보고 한 입으로 두말하라는 거네."

언뜻 듣자면 억지일수도 있는 이야기였으나, 그가 바로 붉은 용이며 그들 일족의 수장인 '콴'이기에, 결코 무시할 수는 없는 내용이기도 했다.

'끄응… 미치겠네.'

절로 욕짓거리가 샘솟는 상황이었다. 그도 그렇게 지금과 같은 주제로 인해 요 근래 매일처럼 붉은 용의 분노를 온몸으로 감당해야 하지 않았던가.

성질나는 건 때린 곳을 또 때린다는 점이었다. 하루가 다르게 멍자국이 진해지고 있는 것이다.

머리를 쓴다고는 하나, 그도 나름대로 몸깨나 쓰는 사막 일족의 전사였다. 당연하게도 회복력 역시 남다르건만, 회복은커녕 더욱 색만 진해져가고 있으니, 어찌 욕이 안 나오겠는가.

그러나 결코 그 감정을 입 밖에 내어서는 안 됐다.

'무슨 사단이 나려고… 꿀꺽!'

애써 욕짓거리를 목구멍으로 밀어 넣은 그가 랍탑을 향해 입을 열었다.

"아주 방법이 없는 건 아닙니다."

잔뜩 구겨졌던 랍탑의 얼굴이 살짝 펴졌다.

"방법이 있다고?"

랍탑의 물음에 바탑이 쓰게 웃었다. 지금과 같은 상황에서 전투는 필히 피해야 하는 것이 옳았으나, 이러다가는 몸이 남아나질 않을 것 같아서, 급한 대로 대책을 강구했고, 그 결과가 오늘 아침에서야 날아들었다.

확실하지 않은 이야기를 괜히 떠들었다가는 매만 벌 거라는 생각에, 애써 랍탑의 주먹질에 몸뚱아리를 맡겨가며 소식이 올 때까지 기다린 것이다.

'살았다!'

굳이 밝히지 않아서 그렇지, 보고서를 받고서는 눈물마저 글썽거렸을 정도였다.

"푸른 전갈이 우리에게 달려들면 됩니다."

"…그럴 거면 차라리 우리가 덤비면 되는 거 아니냐?"

당연히 이어지는 랍탑의 반문에 바탑이 고개를 흔들었다.

"그들의 영역에 들어가는 것과 외부에서 만나는 건, 차이가 큽니다."

비록 왕국들처럼 성벽을 짓고 그곳에서 공성전을 펼치는 건 아니었으나, 진지를 구축하고 방책을 세우는 등, 각자의 영역을 보호하기 위한 나름대로의 대비책은 갖춰놓은 상태였다.

그런 만큼 저들의 영역으로 달려들어 전투를 치르는 건, 적잖은 피해를 감수한다는 각오를 다져야했다.

그리고 이런 이유 때문에 푸른 전갈의 영역을 코앞에 두고서도 숨을 고르고 있는 것이 아니겠는가.

"저놈들이 나올 이유가 없잖아?"

또 다시 이어지는 랍탄의 의문에 바탑이 고개를 끄덕였다.

"콴의 말씀처럼, 푸른 전갈이 진영을 버릴 이유가 없습니다. 하지만 진영을 뒤로 할 정도로 괜찮은 조건이 갖춰진다면 어떻겠습니까?"

"조건?"

바탑이 고개를 끄덕이며 입을 열었다.

"언데드입니다."

즉각 랍탑의 표정이 구겨졌다.

"미쳤냐?"

그리고 튀어나오는 한마디가 바탑의 표정을 구겼다. 물론, 주름살이 채 잡히기도 전에 펴졌음은 당연했다. 괜히 책잡혔다 구타로 이어지는 건 절대적으로 피하고 싶은 까닭이었다.

"시체 놈들 피하자고 여태껏 기다렸더니, 이제 와서 끌어들인다고?"

당장이라도 달려들 것 마냥 랍탑의 주변으로 붉은 기류가 일렁였다. 위기의 순간 바탑이 외쳤다.

"거짓입니다. 속이는 겁니다."

"…뭐?"

"푸른 전갈로 하여금 언데드가 저희의 뒤를 쫓는 것처

럼 믿게 만드는 겁니다."

그 순간 붉은 기류가 사라졌다. 좀 더 이야기를 들어보
겠다는 의미였다.

"아시다시피 저 시체 놈들은 저희의 병력도 무시한 채,
그냥 동쪽으로만 진군하고 있습니다."

중간 중간에 전장이었던 지역에서 힘을 보충하듯 속도
를 늦추기는 했지만, 그렇다고 해서 동선을 크게 뒤틀지는
않았다.

때문에 랍탑 역시도 쓸데없는 싸움을 피하고자 숨을
죽이고 있던 것이 아니던가. 만약 언데드가 그들에게로
향했다면, 그의 성격상 먼저 달려들며 칼을 뽑았을 터였
다.

-굳이 건들지만 않으면 된다!

이렇게 결론이 나온 상황이었다. 그리고 이는 그들뿐만
아니라 사막 바깥의 다른 왕국도 비슷하게 내린 결론이기
도 했다.

"푸른 전갈이라고 이런 사실을 모를 리가 없잖아."

당연히 이어지는 랍탑의 이야기에 바탑이 웃으며 답했
다.

"아무래도 모르는 것 같던데요."

"…모른다고?"

"예."

언데드의 등장은 알고 있다. 하지만 저들의 정확한 동선이나 목적까지는 알지 못한다. 물론, 랍탑 역시도 언데드의 목적은 모르지만, 그래도 저들의 움직임 정도는 알고 있었다.

"푸른 전갈은 현재 고립되어 있습니다. 물론, 길이 전부 막힌 건 아닙니다. 하지만 어설프게 열린 통로 때문에, 그들이 접할 수 있는 정보도 한정될 수밖에 없을 겁니다."

이러한 사실들을 확인하고자 요 며칠을 시달리며 버틴 것이다.

"언데드의 이동 경로에 '전장'과 '죽음'이 끼어있다는 걸 푸른 전갈에게 전했습니다."

이러한 한정적인 정보를 통해서 유인을 하고자 하는 것이다.

"기회라고 여길 것입니다."

확실히 지금 붉은 용의 상황은 언데드와 푸른 전갈 사이에 끼어있는 형국이었다. 영역까지 끌어들여서 전투를 벌인다고 해도, 푸른 전갈이 이길 확률은 낮았다.

"비록 상황이 맞지 않아 웅크리고 있다지만, 푸른 전갈은 전사입니다. 그 중에서도 독기만큼은 손에 꼽히는 전사이지요. 웅크리기만 하는 건 분명 그의 성격과 안 맞습니다. 기회라고 여겨지는 순간 밖으로 뛰쳐나올 겁니다."

랍탑이 안광을 번뜩이며 물었다.

"자신할 수 있냐?"

이에 바탑이 마른침을 삼키며 답했다.

"…예."

짧게 이어졌던 여운에서 이미 불신이 새고 있었다. 랍탑
의 두 눈이 얇아졌다.

바탑과 호위들이 동시에 어깨를 웅크렸다.

정보조작의 힘일까?

아니면 전사로써의 최후를 장렬히 하기 위함이었을까?

푸른 전갈은 일말의 가능성에 몸을 던지며 진영을 뛰쳐
나왔다.

하지만 마지막 희망 혹은 기회라 여겼던 언데드 군단은
그저 동쪽을 향해 진군할 뿐이었고, 결국 전투는 사막의
일족들간의 싸움으로 끝을 맺었다.

그리고,

사막은 하나의 국가와 한명의 절대자를 얻었다.

◈

오랜 시간 펼쳐졌던 전투 때문일까?

사막에는 그 방대한 영역에 걸쳐 죽음의 향기가 물씬 피어오르고 있었다.

그 덕분인지 네크로맨서들은 사막을 지나는 동안 많은 힘을 비축할 수 있었고, 언데드 군단 역시 그 규모를 제법 늘리는 게 가능했다.

사막에 깔린 죽음의 그림자가 워낙 짙었던 덕분인지, 사막을 벗어날 즈음에는 어느새 십만에 달하는 대규모의 언데드 군단이 완성되어 있었다.

금각은 막판에 진한 죽음의 향을 풍기는 전장이 후미에서 발생하는 걸 느꼈으나, 애써 무시하며 군단을 진군시켰다.

'지금도 많이 늦었으니까.'

그에게 중요한 건, 올 겨울이 지나기 전까지 제국을 들이치는 것이었다.

이미 은각의 몬스터 군단은 제국 경계선에 거의 다다랐다는 소식을 들었다. 서로 다른 경로를 통해 움직였으나, 그 동선은 금각이 더 짧았다. 온전하지 못한 전력 때문에 은각은 특히 더 동선낭비가 심했다. 그럼에도 불구하고 늦어지고 있는 것이다.

사막에 가득 일렁이는 죽음의 기운을 최대한 이용하려다 보니 진군속도가 느려져버렸다.

이런 상황이건만 커다란 힘의 소용돌이가 후미에서 자

꾸만 유혹을 해 왔다.

'저것까지 흡수하면 좀 더 그럴싸한 분위기가 나올 텐데.'

고개를 절레절레 저으며 애써 발길을 재촉했다.

한 해의 끝이 다가오고 있었다.

〈기한은 올 겨울이 가기 전까지다.〉

환청 마냥 천마의 음성이 귓전을 울리며 발걸음을 재촉했다.

✦

이제는 완연한 겨울이라는 걸 입증이라도 하려는 듯, 유난히 싸늘한 공기와 쌀쌀하게 밀어치는 바람이 절로 옷깃을 여미게 만들었다.

하나같이 두툼해진 복장들로 인해서인지, 그렇잖아도 북적거리는 수도의 거리가 더욱 꽉 들어찬 느낌이 들어, 시야만큼은 여느 날 보다 뜨끈하게 비쳐지고 있었다.

어느새 한 해의 마지막 달이 차오르는 무렵이었으니, 어찌 보면 당연한 풍경이기도 했다.

"올해는 겨울 손님이 늦으시는군."

나직한 마르한의 중얼거림에 마주하고 있던 루이나르가 창 밖으로 시선을 보내며 고개를 끄덕였다.

"이러다 한 번 몰아치면 무시무시할지도 모르겠습니다."

"폭설이라도 내렸다간 큰일이지."

잠시 바깥 풍경을 감상하던 마르한이 뜨끈한 찻잔으로 손을 가져갔다.

찬 공기에 몸이 으슬으슬 떨린 까닭에, 절로 온기를 찾게 되는 것이다. 이 모습을 본 루이나르의 눈가에 옅은 그늘이 깔렸다.

〈얼마 안 남았네.〉

처음 이곳을 찾아오던 날, 그가 건넸던 이야기가 떠올랐다. 마치 자신의 수명을 언급한 것 마냥, 하루가 다르게 노쇠해지는 마르한의 모습에 가슴이 답답해졌다.

'후우⋯.'

절로 한숨이 나왔으나 이를 들키지 않으려 찻잔에 그 숨길을 밀어 넣었다. 모락모락 올라오던 김이 사방으로 퍼져 나가며 짙은 차향이 방 안을 잔잔하니 훑고 지나갔다.

"메리⋯ 그 아이는 어떤가?"

한 모금 온기로 가슴을 달랜 마르한이 루이나르를 향해 물었다. 이에 루이나르가 흐뭇한 미소와 함께 입을 열었다.

"훌륭합니다. 어찌나 똑똑한지 기본적인 건 전부 가르쳤습니다."

기본이라고 했으나 루이나르의 뛰어난 지식을 생각한다면, 마르한도 무시못할 수준일 터였다. 절로 웃음이 나왔다.

"허헛! 고생했네. 고생했어."

"그런데… 심판자들을 어찌 하실 생각이십니까?"

루이나르는 마르한과 함께 온 이단 심판관들을 떠올리며 걱정스런 얼굴을 했다.

같은 성국의 일원이라고는 하나, 이단 심판관은 성국의 어둠과 직결되는 존재였다. 때문에 그들을 가까이 둔다는 것만으로도 얼굴에 그늘이 질 수밖에 없었다.

"걱정하지 말게나."

재차 웃어 보인 마르한이 나일을 떠올렸다. 그를 쫓아 수도로 온 이단 심판관들은 현재 그의 곁에 존재하지 않았다.

메리 반트!

그녀를 보았고 이내 깨달았다.

성녀!

마르한이 그러했고 루이나르가 그러했듯, 이단 심판관들을 이끄는 나일 역시도 메리의 존재를 즉각 알아봤다.

비록 성국의 어둠에 몸을 담았다고는 하나, 그 마음에는 언제나 신을 품고 있었다. 때문에 단번에 알아본 것이다.

어둠 속을 헤매던 까닭에 시야가 흐릿해진 것일까? 나일을 제외한 다른 심판관들은 메리를 알아보지 못했다.

하지만 다른 심판관들 역시도 신을 품고 있던 것인지, 오래지 않아 그들도 메리를 보게 되었고, 이제는 그녀의 그림자가 되어 그녀를 호위하고 있었다.

이단 심판관이라는 그들 본연의 임무는 이미 망각한 듯 보였으나, 어찌 보면 당연하다 싶은 풍경이기도 했다.

그리고 이런 상황 때문에 더욱 루이나르의 안색이 어둡게 물든 것이기도 했다. 메리의 곁에 심판관들이 서 있다는 게 맘에 들지 않은 것이다.

"걱정할 필요 없네."

재차 이어지는 마르한의 이야기에 결국 루이나르도 표정을 풀 수밖에 없었다. 하지만 그 기색을 온전히 걷어낸 건 아닌 듯, 여전히 눈가에는 옅은 그늘이 져 있었다.

◆

이단 심판관!

비록 교황의 명을 따라 움직이며 성국의 어둠을 다스리고 있다고는 하나, 그들은 분명 성국을 위해 움직이는 사자들이었다.

스스로의 발을 진창에 담갔다고 이런 자부심마저 사라

지는 건 아니었다. 나일은 이 하나의 뜻에 의지하며 한없이 어둠을 걷는 사자였다.

때문에 그 어둠에 내리쬐는 한 줄기 광명을 단번에 알아봤다.

"아아…."

저도 모르 무릎이 꺾이고 이마가 땅에 닿았다. 함께하던 마르한아 말리지만 않았더라도 당장 튀어나가 그 거룩한 존재에 머리를 조아렸을 것이다.

아직은 때가 아니라는 마르한의 이야기에 겨우 가슴을 달래며 뒷걸음질을 칠 수 있었다.

이후, 조심스레 메리의 주변을 맴돌며 그녀를 보호했다. 그렇게 시간이 흐르자 자연스레 다른 심판관들도 무언가를 느끼게 되었고, 얼마 지나지 않아 나일과 같은 반응을 내보였다. 개중에는 눈물을 흘리는 이마저 있을 정도였다.

성녀가 아니던가. 신의 화신이라 부르는 존재인 만큼, 오히려 당연한 반응이었다.

그렇게 심판관들은 하루아침에 수호자가 되어버렸다.

물론, 표면에 드러나게 움직이지는 않았다. 마르한의 이야기를 귀담아 들은 까닭이었다.

동시에 마르한을 지칭하는 성자라는 세간의 칭호 역시도 믿게 되었고, 따르게 되었다. 그렇지 않고서야 어찌 이곳 이 장소로 그들을 이끌 수 있었겠는가.

성국의 중심에 교황이 있는 건 분명했다. 하지만 성녀는 신과 함께하는 존재였다.

교황의 명령은 이미 뒷전이 되어 있었다.

'맘 같아서는 좀 더 가까이에서 근접 호위를 하고 싶지만.'

나일은 아쉬운 마음을 애써 삼키며 한 청년을 바라봤다.

'…케빈 반트!'

성녀의 오라비이자 그로 하여금 긴장감을 느끼게 만드는 강자였다.

'저 어린 나이에 마스터라니.'

긴장되지 않을 수가 없었다. 심판관들이 지닌 특수한 성법이 아니었더라면, 이미 그 은신이 들통 났을 터였다.

별의 영역에 이른 감각 때문인지, 일정 영역 이상으로 접근하기가 어려웠고, 본의 아니가 원거리 호위를 하는 상황이 되어있었다.

물론, 심판관의 수장 격이라 할 수 있는 나일 개인에 한해서는 일정 영역까지 접근이 가능했다. 그 역시도 별의 영역에 발을 담근 강자가 아니던가.

성국의 어둠을 다스려야 하는 만큼, 위험성 높은 임무가 많았고, 이를 행하다보니 자연스레 그만한 능력이 갖춰지게 된 것이다.

헌데, 이런 그마저도 긴장을 하게 만드는 실력자가 메리의 곁에 함께하는 상황이었다.

자연스레 떠오르는 그림이 있었다.

성녀.

그리고 성검!

성기사와 같은 위치에 있으나 그 '격'이 다르다. 성국 지하에 보관되어있는 성검 또는 신검이라 불리는 전설적인 무기를 손에 쥘 수 있는 단 하나의 존재였다.

그 절대적인 존재가 떠오르고 있었다.

성녀를 지키는 방패이자, 신의 의지를 관철시키는 검!

자연스레 그를 향한 시선에도 온기가 묻어나올 수밖에 없었다. 물론, 아직까지는 그저 '추측'일 뿐이었다. 하지만 적잖게 확신하는 마음도 있었다.

고대로부터 성녀의 곁에는 항상 성검이 함께하고 있던 까닭이었다.

'성녀에 성검이라니….'

어둠속에서 감정을 마모시켜온 그 답지 않게, 괜히 가슴이 펄떡거리며 뛰었다.

특히, 성녀보다도 더 보기다 어렵다는 게 성검이 아니던가. 세상에 짙은 어둠이 내려앉을 때에만 모습을 드리우는 존재였다. 그런 이유로 성녀와는 다르게 전설처럼 여겨지는 느낌도 있었다.

워낙 드물게 나타나는 까닭에, 그 존재에 대해 아는 이들도 많지가 않았다. 신학 공부를 깊게 한 성직자들이나 알고 있는 내용이었다.

기쁨이 배가 될 수밖에 없었다.

물론, 그렇다고 해서 성검을 성녀의 위에 두지는 않았다. 언제나 성검은 성녀를 위해 점지되는 까닭이었다.

동시에 불안감도 느껴야만 했다.

'진정…성검이라면.'

이 시대가 위기에 몰려있다는 의미이기에, 온전히 기뻐하기가 어려운 것이다.

언데드와 듀라한 그리고 암흑시대에 대한 이야기가 자꾸만 머릿속을 맴도는 것 역시 그런 이유에서였다.

'후우….'

한숨이 절로 나왔다.

◈

희미하게 느껴지는 감각을 통해 하나의 확신을 얻었다.

'아직도 지켜보는 건가.'

케빈은 긴장감을 바싹 끌어올린 채, 미지의 시선을 쫓았다. 하지만 여느 때와 다름없이 이번에도 결국 찾아내는 건 실패했다.

'…아깝군!'

다른 날보다 한층 선명한 기척을 느꼈건만, 찰나 간에 다시금 존재를 감추며 희미해져버렸다.

'이번에는 잡을 수 있었는데.'

아쉬운 마음 한편으로 상대에 대한 감탄이 치고 오른다. 동시에 스스로의 부족함을 깊이 통감하는 순간이기도 했다.

고개를 절레절레 흔들며 메리에게로 고개를 돌렸다. 활짝 웃으며 친구들과 이야기를 나누는 모습이 보였다. 절로 미소가 지어지는 풍경이었다.

〈메리를 위해서 모인 이들이다.〉

얼마 전, 부친이 와서 해 준 이야기가 떠올랐다. 때문에 이 의문의 시선을 허락하는 것이기도 했다. 만약 그렇지 않았다면 치열하게 뒤를 쫓았을 터였다.

제튼의 언질이 있었기에 참아주고 있는 것이라고는 하나, 그렇다고 해서 지금 상황을 이해하고 있는 건 아니었다.

'어째서?'

저만한 실력자들이 메리를 보호하려고 하는 것일까?

'…왜? 무엇 때문에?'

알 수 없는 상황에 가슴만 답답해질 뿐이었다.

주기적으로 닿았다가 떨어지는 오라비의 시선 때문일까?

"또, 또 쳐다본다."

"완전 과잉보호라니까."

친구들이 꺄르르 웃으며 그녀를 놀려댔다. 하지만 이런 분위기가 싫지만은 않기 때문에 함께 웃어줄 수 있었다.

게다가 지금의 이 우스갯소리가 전부 오라비에 대한 관심으로 인해서라는 걸 알기에, 더욱 즐겁게 웃을 수 있는 것이기도 했다.

간혹 부담스러울 정도로 관심을 내비치며, 오라비의 표정을 딱딱하게 만드는 여학생들도 있기는 했으나, 그녀 주변의 친구들은 그 같은 불편한 경우는 만들지 않았다.

"그런데 메리 너… 요즘 외출이 잦던데, 무슨 일이라도 있는 거니?"

함께하던 소녀들 중, 같은 방을 사용하는 이레나가 문득 생각이 났다는 듯 질문을 던져왔다. 이런 그녀의 물음에 메리가 재차 웃으며 대답했다.

"할아버지가 찾아와서."

"할아버지?"

"응. 친 할아버지는 아니고, 고향에 있을 때 이것저것 다양한 공부를 가르쳐준 분이신데, 수도에 볼 일이 있으셔서 올라오셨더라고."

"공부?"

"대륙 곳곳을 돌아다니신 분이라서, 알고 계시는 게 정말 많거든."

"그러면, 용병이시니?"

메리가 고개를 저어보였다.

"사제야."

대충 떠오르는 게 있었다. 성직자들이라면 필히 거쳐 가는 고행의 길을 통해서, 대륙에 대한 지식을 쌓았다고 여긴 것이다.

이렇게 모인 지식과 성직자 특유의 공부까지, 다방면에 걸쳐서 배움을 얻었다고 여기고 있었다.

문득, 그녀가 수도에서도 성직자에게 이런저런 가르침을 받고 있다는 게 생각났다. 입학 초기에 룸메이트들끼리 지나가듯 나눴던 대화였는데, 성직자에 대한 이야기로 인해서 떠오른 것이다.

'혹시….'

"나중에 성국 쪽에서 일을 할 생각이니?"

이레나의 조심스런 물음에 메리가 고개를 저으며 대답했다.

"에~이. 집 떠나면 고생이라는데, 뭐하려고 그렇게 멀리까지 가겠어. 게다가 언니도 알다시피, 제국 기사단의 대우가 얼마나 좋아. 이런 좋은 환경이 옆에 있는데 굳이 멀리 갈 필요가 없잖아."

확실히 틀린 소리는 아니었던 듯, 소녀들 대부분이 고개를 끄덕이며 동의하고 있었다.

"그냥, 취미야. 취미. 성국 역사라던가 신학공부, 교리 같은 게, 듣다보면 재밌는 부분이 많거든."

생각보다 별 것 아닌 내용이었다는 듯, 이야기는 빠르게 새로운 화젯거리로 넘어갔다.

"그런데 이번에도 황제폐하께서 출정하실까?"

소녀들의 눈이 일제히 반짝이며 불이 들어왔다. 최근 가장 뜨거운 화젯거리가 나온 까닭이었다.

언데드의 침공!

그저 동쪽으로만 향한다고 여겼던 그들이 제국의 국경선을 침범한 것이다. 그로 인해서 다시금 국경 수비대는 피 튀기는 전투에 돌입해야만 했다.

이미 한 차례 무너져 엉망이 되어버린 국경지대인 까닭에, 연일 후퇴가 이어지고 있다는 소식도 있었다.

때문에 소녀들의 표정에 한 줄기 음영이 드리울 수밖에 없었다. 하지만 황제를 떠올리고 있기에, 그 와중에도 눈빛만은 반짝이고 있었다.

"이번에도 출정하시지 않을까?"

"몬스터들도 난리라던데, 어쩌면 검작공께서도 함께 나설지도 모르지."

학생들, 특히 기사학부의 소녀들에게는 그야말로 최고의 관심사가 아닐 수 없었다.

그리고 이 부분은 메리 역시도 마찬가지인 듯, 다른 소녀들과 마찬가지로 눈을 반짝이며 열성적으로 대화 혹은 토론을 나누고 있었다.

◈

싸늘한 겨울바람이 창을 타고 넘어와 방안을 휘돌더니, 책상 가득 쌓여있던 보고서들과 각종 서류를 어지럽게 흩트리기 시작했다.

황제는 그 모습에 잠시 시선을 던졌으나, 굳이 창을 닫거나 서류를 정리하는 등의 행동을 보이지는 않았다.

그저 무심한 눈빛으로 한 번 쳐다보고 끝이었다.

"하아…"

작게 숨결을 밀어내자 뜨거운 입김에 겨울 공기에 닿으며 하얗게 김을 피워내는 게 보였다. 생각이상으로 싸늘한 날씨 때문인지 입김이 흩어지는 모습이 제법 오랫동안 이어졌다.

이를 잠시간 감상하던 황제의 입가에 슬쩍 미소가 피어났다.

"훗… 나를 상대로 수작질을 벌인단 말이지."

짧은 실소와 함께 그녀의 손이 펼쳐지고 거짓말처럼 보고서 한 장이 그녀의 손안으로 날아들었다.

보고서에는 성국과 관련된 정보가 간략하게 나열되어 있었는데, 그 중에는 이번 언데드 사태와 연관된 내용들도 포함되어 있었다.

성시사단과 성직자의 출정.

예상했던 내용들과 함께 아주 흥미로운 이야기가 이어졌다.

언데드 군단의 이동경로.

저들 죽음의 사자들이 어떤 경로로 이동을 하는지에 대해 모르는 국가가 있을까?

한 차례 성기사단이 크게 패퇴했다는 이야기와 함께, 성국의 대응이 순식간에 변해버렸다. 성국 역시도 건드리지만 않으면 굳이 피해를 일으키지 않는다는 걸 아는지, 우선 지켜보기로 한 것이다.

그리고 이 같은 반응은 다른 국가들 역시 마찬가지였다. 저들 언데드 군단의 앞길을 의도적으로 열어준 것이다.

이 즈음에서 이미 황제는 한 가지 사실을 눈치 채고 있었다.

언데드 군단의 이동경로를 쭈욱 연결시키고 연장시키는 순간, 그 끝에 제국의 수도가 있다는 점이었다.

아마 다른 왕국들 역시도 이와 같은 동선을 예측했을 터였다. 그렇기에 왕국 연합마저도 서로간의 다툼을 멈춘 채, 잠시간 숨을 죽이는 것이 아니겠는가.

"훗!"

재차 실소가 나왔다.

다시금 이어진 저들 연합왕국의 수작질과 거기에 한팔 거드는 성국의 행태가 우스웠던 까닭이었다.

"건방진 놈들."

한 차례의 경고만으로는 부족했음을 알았다. 그녀가 바깥을 향해 외쳤다.

"출정을 준비하라!"

그녀의 두 눈 가득 시퍼런 안광이 번뜩이고 있었다.

◈

죽음의 그림자가 짙게 내려앉았건만, 그 지나온 길에 피가 짙지 않다는 소식에, 적당히 하라는 경고가 그런대로 먹혔다는 걸 알았다.

하지만 안도하기에는 일렀다. 목적지에 다다르면 어찌 변할지도 잘 아는 까닭이었다.

얼마 지나지 않아 예상했던 소식이 들려왔다.

〈언데드 침공!〉

예상했던 그대로의 정보가 상단에서 날아온 것이다. 그리고 이어진 피해소식에 이를 악물어야만 했다.

겨우 진정되었나 싶던 국경지역에 다시금 피비린내가 진동하게 생긴 까닭이었다.

"후우…."

한숨이 절로 나오는 상황이었다. 게다가 문제는 그 뿐만이 아니었다.

〈성국의 어둠을 거니는 이들이라네.〉

마르한과의 만남이 떠올랐다. 그를 통해서 이단 심판관역시 알게 되었다. 메리를 위해 호위를 자처하고 있다는 이야기에 그들의 존재를 묵인하기로 했다.

'이단 심판관이라면, 나중에라도 분명 도움이 될 테니까.'

어느 조직이나 지닌바 어둠이 존재하고, 이런 어둠을 얼마나 아느냐에 따라 큰 힘이 될 수가 있었다. 제튼은 이단 심판관들이 지닌 특수한 권력과 힘을 메리의 것으로 만들 생각이었다.

특별히 그가 움직여가며 무언가를 할 필요도 없었다.

〈그냥 곁에 두게나.〉

마르한이 했던 이야기였고, 그 말처럼 그저 메리의 곁을 허락하기만 하면 되는 것이다.

성녀!

그 특수한 위치는 이미 나일을 비롯한 심판관들의 마음을 사로잡은 상태였다. 여기에 짧게나마 함께하는 시간이 더해진다면, 확실하게 메리의 사람이 될 거라 여겼다.

딸아이가 너무 무거운 짐을 떠안게 되는 것 같아 안쓰러웠으나, 그것이 운명이라면 최대한 그 길이 탄탄할 수 있도록 도움이 되고자 했다.

"무슨 생각을 그리 하시나요?"

상념의 틈 속으로 끼어든 음성이 그의 시선을 잡아갔다. 마티나가 웃으며 다가오고 있었다. 잠시 생각에 빠진 동안 그녀와의 대련시간이 된 모양이었다.

"이번에 날아든 소식들을 잠시 생각하고 있었습니다."

상단에서 건너온 정보는 마티나 역시 읽었기에 길게 의문을 제기하지 않았다.

"그런데 이 추세대로라면 슬슬 더 큰 녀석이 나올지도 모르겠습니다."

"무슨 말씀이신지…?"

"로드와 잠시 연락이 닿아 몇 가지 들은 게 있습니다."

벨로아의 소식에 제튼이 귀를 기울였다.

"이번에 날아온 정보에서 언데드의 숫자가 10만이 넘어가고 있다고 적혀있었습니다. 로드께서는 어둠의 기세가 그 수준에 이르면, 굳이 마계를 열지 않아도 죽음의 기사들이 일어날 수 있다고 하시더군요."

말인 즉, 데스 나이트가 이미 등장했을 확률이 높다는 의미였다.

"좋지… 않군요."

제튼의 이야기에 마티나가 고개를 끄덕이며 말했다.

"특히, 군세에 의해서 일어난 데스 나이트는 그 군세의 숫자만큼 힘을 키운다고 하셨는데, 어쩌면 기존에 데스 나이트가 지닌 한계도 뛰어넘었을 수도 있습니다."

더욱 좋이 않은 소식이었다. 저렇게까지 이야기 했다는 건, 아직 외부로 드러나지만 않았을 뿐, 거의 등장한 것으로 여겨도 된다는 의미일 터였다.

'능력도 예상 이상이라는 뜻이겠지….'

굳어버린 제튼의 표정에 마티나가 조심스레 물었다.

"움직이실 생각입니까?"

이에 제튼이 다시금 생각에 빠져들었다. 그녀가 오기 전까지 이 부분에 대해서 이런저런 고민을 하고 있었던 까닭인지, 그 결론이 생각보다 빠르게 나왔다.

"지켜보겠습니다."

어느 정도는 예상했던 대답인지, 마티나는 고개를 끄덕여 보였다. 제튼의 표정은 심각했으나, 그녀가 생각하기에

는 지금 상황은 제튼이 나설 만큼 위기라고 여기지 않았
다.

"그나저나… 그 덩어리 녀석 좀 어떻게 해 주셨으면 좋
겠는데요."

뜬금없는 마티나의 화제전환에 제튼의 머릿속에 한 사
내의 얼굴이 떠올랐다.

용병왕 크라이온!

암흑시대를 대비하기 위해 마티나에게 별도 대련을 부
탁했는데, 그 대상이 바로 크라이온이었다.

기사의 감각은 그가 나눠줄 수 있겠으나, 마법사의 감
각은 그로써도 어찌 할 수 없는 부분이기에, 마티나를 통
해 크라이온에게 고위 마법을 경험시켜주고자 한 것이
다.

천마를 통해 들은 마계의 정보에는 마법 혹은 그와 비슷
한 이능을 사용하는 마족들이 많다고 했기에 내린 조치였
다.

나름대로 적절한 조치라고 여겼건만, 여기서 부작용이
발생해버린 것이다.

잠시 쓰게 웃어보이던 제튼이 슬쩍 마티나를 살폈다.

드래곤이라고는 하나, 폴리모프를 통해 사람의 형상을
하고 있는 그녀는 실로 아름답다는 말로도 표현이 부족한
미녀였다.

사내라면 누구나 반할만한 미모를 지니고 있는 것이다. 그리고 이 아찔한 미인에게 크라이온이 넘어가버렸다.

'좀… 변태적이기는 했지만.'

애정의 시작을 떠올리는 듯, 제튼의 미소가 어색하게 경직되어갔다.

〈쿨럭! 화끈한데.〉

첫 번째 대련이 끝나고, 피를 토하며 바닥을 뒹굴던 크라이온이 넝마가 된 몰골로 외쳤다.

〈이상형이다. 반했다!〉

너무도 이상한 상황이어서, 제튼과 마티나 둘 모두 잠시간 넋을 놔야만 했을 정도였다.

그 날 이후, 수시로 그녀를 찾으며 애정고백을 시작했다. 마티나는 이 달갑잖은 상황에 몸서리를 치며 연일 몸을 피하게 되었고, 이 덕분에 크라이온의 마법 대응 훈련은 3회를 못 넘기고 끝을 맺어야만 했다.

만약 제튼의 존재가 아니었더라면, 이미 헬파이어로 화끈하게 태워버렸을 터였다.

불만어린 마티나의 모습에 제튼이 할 수 있는 대답은 하나뿐이었다.

"…죄송합니다."

한 사내의 피 끓는 애정을 잘라내기에는 그가 너무도 물렀다. 하물며 그 감정이 진실하다는 걸 알기에 더욱 나서기가 어려웠다.

'고생해라….'

치를 떠는 마티나의 모습을 보며, 조용히 크라이온을 응원할 뿐이었다.

◆

섬뜩한 예기가 바람을 가르는 순간, 오싹한 죽음의 향기가 그 바람결을 타고 흩날린다.

투둑!

매서운 칼질에 잘려나가 팔 하나가 땅바닥을 뒹굴지만, 핏물은 흔적을 보이지 않는다.

'언데드!'

기사는 새삼 눈앞의 적이 시체라는 걸 인지하며 재차 검을 휘둘렀다. 특히, 팔이 잘리고도 아무렇지 않다는 듯, 접근해 오는 모습이 경계심을 자극하고 있었다.

서걱!

날카로운 일격과 함께 시체의 얼굴이 허공으로 떠올랐다. 이제는 끝났겠지. 그리 생각하며 새로운 시체를 향해 발길을 돌리는데, 그 순간 묵직한 충격이 등판을 두드렸다.

'음?'

왼팔과 얼굴이 없는 시체가 여전히 움직이며 몸을 던져 온 것이다.

이해할 수 없는 상황이었다. 아무리 언데드라지만 목이 잘리고도 움직인다? 자신이 알고 있는 상식이 잘못 된 것이었나 싶으면서도 검은 빠르게 공격으로 이어져갔다.

아예 제대로 움직일 여지도 없게 완벽히 토막을 내었다. 그리고 난 뒤에야 좀 전의 충격을 온몸으로 받아들였다.

"크읍!"

갑옷을 입고 있었고, 그 위에 공격이 들어온 상황이었다. 하지만 시체인 탓인지 이렇다 할 기세가 없었고, 그 때문에 생각보다 크게 타격을 입어버렸다.

게다가 옛 이야기속의 언데드와 달리, 느리지도 않고 굼뜨지도 않으며 약하지도 않아, 생각 이상으로 상대하기가 힘들었다.

'큰일이군!'

조금 전 상황을 떠올리자 절로 목 언저리가 오싹해졌다. 재수가 좋았다는 생각을 했다. 만약 갑옷이 아니었더라면? 공격을 받은 부위가 보호받지 않는 장소였다면?

충분히 위험했을 터였다.

'운이 좋았어. 후우….'

안도와 함께 새로이 각오를 다지는 순간이었다.

언데드 군단의 침공으로 인한 피해는 상당했다. 생각지도 못했던 언데드의 공격력과 전투방식에 당황하는 이들이 많았고, 이는 즉시 생명과 연결 지어졌다.

특히, 목이 잘리고도 움직이는 언데드의 공격은 너무도 의외의 것이었고, 그 때문인지 이 부분에서 유난히도 많은 피해가 발생하고야 말았다.

황제는 전장의 상황을 바라보면서도 직접 앞으로 나서지는 못했다.

두 번째 출정이니만큼 그녀의 위엄을 확실하게 보여줄 생각으로 나선 길이었다.

하지만 막상 도착을 한 뒤에는 어째서인지 전투에 참여하지 않은 채, 후미에서 전장만 지켜보고 있었는데, 그녀의 표정으로 봐서는 의도적인 상황은 아닌 듯싶었다.

'으득…'

한 차례 이빨을 갈아 마신 황제의 시선이 언데드 군단의 후미 쪽으로 향했다.

아찔할 정도로 음습한 기운이 그곳에서부터 흩뿌려지고 있었는데, 이 정체모를 어두운 기운 때문에 그녀가 전장에 참여를 하지 못하는 것이기도 했다.

조금이라도 그녀가 움직이려고 할 때마다 기운을 쏘아보내면서 행동을 방해하는 까닭에, 자꾸만 그곳에 신경을 쓰게 되는 것이다.

그녀로써도 무시할 수 없는 기운인 탓에, 선뜻 전장에 참여를 하지 못하고 있었으나, 돌아가는 상황이 그리 좋지만은 않기에 결국 결정을 내려야만 했다.

우우우웅!

그녀의 신형이 훌쩍 뛰어오르며 전장을 향해 날아갔다.

콰아아아아…

짧게 끊어 치는 연격에 허공중에 이어지는데, 그 횟수에 맞춰 곳곳에서 언데드들이 폭발하기 시작했다. 이 갑작스런 현상에 어리둥절해 하던 제국군이 이내 그녀의 존재를 확인하고는 크게 환호하는 것이 보였다.

그 즈음, 언데드 군단의 후미에서도 하나의 인영이 전장을 향해 달려들고 있었다.

'데스 나이트!'

황제의 눈이 반짝였다. 강자의 정체를 확인한 까닭이었다. 전설에서나 등장하는 죽음의 기사가 어둠을 흩뿌리며 등장하자, 잠시간 올랐던 제국군의 사기가 급격히 흔들리는 게 느껴졌다.

잠시나마 올랐던 이 기세를 잡아야 한다는 결론을 내린 그녀가, 빠른 속도로 허공을 건너뛰며 적진의 후미로 향했다.

순식간에 제국군의 전장을 뛰어넘었다. 이제는 언데드만이 그녀의 발아래로 가득 넘실거렸다.

꽈르르릉!

거릴 것 없이 전력을 내질렀다.

◆

어느 날 문득,

아침에 자리에서 일어나 비쳐드는 햇살을 온몸으로 받아들이면서 깨닫게 되었다.

〈때가 되었다.〉

마르한은 기쁜 반 슬픔 반, 이렇게 반반씩 섞인 애매한 표정으로 잠시 창밖을 바라보다 루이나르를 불러 말했다.

"축성식을 준비하게."

그 말에 루이나르의 동공에 옅은 흔들림이 일어났다. 그역시 기쁨과 슬픔이 섞인 복잡한 얼굴을 내비치더니, 이내 정중하게 고개를 숙여 보이며 밖으로 향했다.

잠시 후, 소식을 듣고 온 것인 듯, 심판관들의 수장이라할 수 있는 나일이 찾아왔다.

"오늘입니까?"

그의 물음에 마르한이 허옇게 웃어 보이며 답했다.

"사실, 한참 전에 준비는 끝났습니다."

나일의 표정이 살짝 굳어졌다. 그렇다면 여태껏 기다린이유가 무엇이란 말인가? 이런 그의 표정에서 의문을 읽어낸 듯, 마르한이 짧게 실소하며 입을 열었다.

169

"허헛! 알고 보니 그동안은 제가 준비가 덜 되었더군요."

그 아리송한 대답에 잠시 생각을 하는 듯싶던 나일이 정중히 예를 갖춰 허리를 숙여보였다.

그리고는 조심스레 뒷걸음질로 방을 나선다. 이 부담스러울 정도의 예의에 어색하니 웃어 보인 마르한이 창밖으로 시선을 던졌다.

눈길에 닿는 건 제국 수도의 풍경이었으나, 그 안에 담기는 건 지나온 세월들의 흔적이었다.

이번 축성을 위해 많은 준비를 했다. 최대한 특별할 수 있도록 그의 모든 걸 모으고 모았다.

마치 특수한 성물에 신성력을 응축시키듯, 그의 육신을 토대로 매일처럼 성력을 담아낸 것이다. 이 행위는 생각 이상으로 육체에 부담을 줘, 그의 수명을 급속도로 깎아먹었으나 멈추지 않았다.

그리고 어느 순간을 기점으로 더 이상 몸이 기운을 담아내지 못했는데, 그 상태에서 벌써 한 주가 흘러간 것이다.

추측컨대 이번 축성식을 끝으로 그의 삶 역시도 마지막을 장식하게 될 터였다.

'허허….'

동공을 가득 채우던 긴 세월의 여정도 어느새 끝자락에 닿았음일까? 어느새 떠오른 메리의 얼굴이 하나하나 스쳐 갔다.

조막만하던 아이가 순식간에 자라나는 게 보였다. 제대로 걷지 못해 바깥을 동경하던 소녀가 누구보다 빠르게 뛰어다니며 말썽을 부리는 것이 그려졌다.

"허허허헛!"

한 차례 시원스레 웃음을 터트린 뒤, 밖으로 걸음을 했다. 어느새 준비를 끝마친 듯 루이나르와 그를 따르는 신관들이 보였다.

그들을 하나하나 돌아보고 있노라니, 기다리던 소녀의 목소리가 들려왔다.

"할아버지?"

자연스레 그 시선이 입구 쪽으로 돌아가고, 이내 소녀의 얼굴을 볼 수 있었다. 어리둥절한 표정을 한 모습이 재차 슬쩍 웃음이 나왔다.

또 다시 기쁨과 슬픔이 얼굴을 뒤섞어놓는다. 하지만 슬픔은 삼키고 기쁨만 내보였다.

아이와 더는 함께하지 못할 거라는 생각이 가슴을 아프게 두드렸으나, 아이의 밝은 미래가 입가에 미소를 띄웠다.

첫눈이 내리던 날,
성녀가 깨어났다.

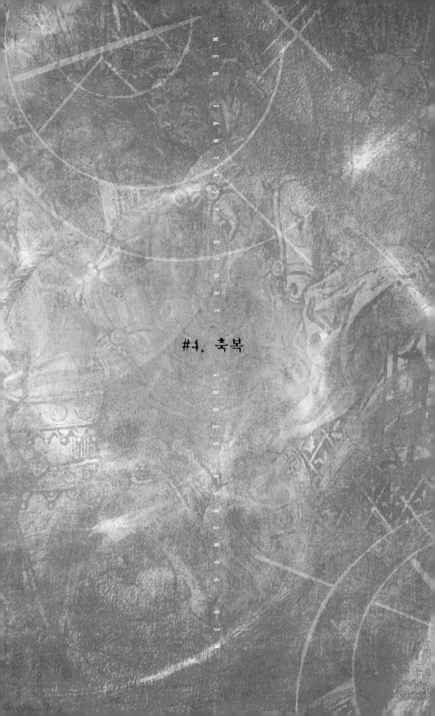

#4. 축복

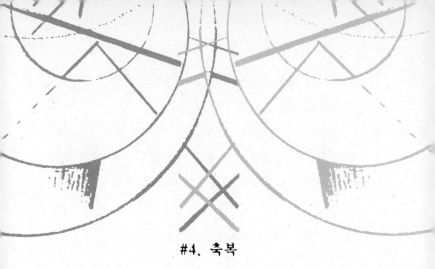

#4. 축복

그것은 갑작스럽게 일어났다.

번쩍!

제국의 수도 크라베스카의 한편에서, 하늘로 치솟는 한 줄기 거대한 빛의 기둥이 세워진 것이다.

하지만 짧은 시간에 그 자취를 감춘 탓에, 빛의 존재를 눈치 채는 이들이 많지 않았다. 애초에 벌건 대낮에 빛이 솟아난 까닭에, 시선을 빼앗길만한 자극이 부족했다. 때문에 눈의 착시현상인가 싶어 눈을 비비는 이들도 있을 정도였다.

그렇게 빛의 흔적이 사라졌을 즈음,

번쩍!

두 번째 빛의 기둥이 솟아났다. 처음의 것보다 더욱 굵고 선명했으며, 그 시간 또한 길었다.

당연하게도 이번에는 그 빛의 기둥을 확인하는 이들 역시도 많았다. 게다가 한 낮에도 눈에 띨 만큼 선명했던 탓에, 앞서와 달리 착각으로 여기는 이들도 없었다.

그리고 빛의 기둥이 자취를 감췄을 때, 하늘 높은 곳에서부터 하얀 눈송이가 떨어져 내리기 시작했다.

첫눈이었다.

워낙 갑작스런 상황들의 연속인 탓에, 제대로 인지하지 못하는 이들이 많았는데, 오늘 하루 하늘은 더 없이 맑았다.

그야말로 구름한 점 없는 날씨였다.

◈

줄립 에필스는 독실한 신자였다.

그녀의 나이 올해로 일흔 여덟.

마흔 둘의 늦은 나이에 아이를 보았고, 이를 주변에서 기적이다 뭐다 하며 띠워줬던 까닭인지, 그녀 역시도 늦게나마 기적에 대한 믿음을 가지게 되었다.

하지만 신전에 다니게 된 이유는 이런 기적에 의존하는 마음이 아닌, 뒤늦게 얻은 아이에 대한 건강을 기원하는 마음에 의한 것이었다.

그렇다보니 시작부터 독실한 신자는 아니었다. 작게나마 의지하게 된 기적의 마음과 아들을 향한 기원으로 인해 겨우겨우 신자로써의 첫발만 뗀 것이다.

그렇게 한번 두 번 신전을 드나들고, 어느새 삼십 여년의 세월을 지내다 보니, 점차적으로 부족했던 마음에 진실성이 부여되게 되었다. 어느새 독실한 신자가 된 것이다.

그러는 사이 아이는 자라 부모가 되고, 그녀는 할머니라 불리는 위치에 이르렀다. 아들을 향한 기도가 손자에게로 닿았고, 거기에 더해 사별한 남편을 위한 기도 역시도 더해졌다.

삼십 여년을 넘게 꾸준히 해 왔던 덕분일까? 이제는 습관처럼 기도를 하게 되었고, 시간이 남을 때면 가정의 화목과 건강 그리고 행복을 위한 기도가 이어졌다.

일흔 여덟이라는 노쇠한 육신으로 인해, 거의 대부분의 시간을 한 자리에 앉아서 지내야만 하다 보니, 기도로 보내는 시간이 생각 이상으로 많았다.

그 날 역시도 그렇게 습관처럼 기도를 하고 있었다. 겨울바람과 찬 공기가 몸에 안 좋다며 아들 내외가 외출을 말렸지만, 방 안에만 있는 건 너무도 답답하여 결국 밖으로 나와 마당에 자리를 잡고 앉았다.

그리고 언제나처럼 기도를 올렸다.

얼마나 지났을까. 차가운 느낌이 이마에 닿아 깜짝 놀라 눈을 떴는데, 언제부터 온 것인지 새하얀 눈이 펑펑 쏟아지고 있었다.

첫눈이 가져다주는 신비한 풍경을 잠시간 감상하던 그녀는 이내 화들짝 놀라서 자신을 바라봐야만 했다.

수시로 쑤시며 아파오던 무릎에서 통증이 사라진 것이다.

'이건… 대체?'

의아한 마음에 자리에서 일어나는데, 이게 웬일?

관절 마디마디의 통증으로 인해, 바로 세우기가 어려워 구부정했던 그녀의 육신이 제자리에 우뚝 선 것이다.

물론, 여전히 적잖은 통증이 느껴졌지만, 평소처럼 인상이 찡그려질 정도로 아픈 건 아니었다. 이 기적 같은 상황에 눈을 동그랗게 뜬 채, 연신 자신을 내려다보고 주변을 돌아보지만, 이 기이한 현상에 대한 답을 내릴 수는 없었다.

❖

갑작스레 밀려든 아찔한 파동에 자리에서 벌떡 일어나야만 했다.

급히 밖으로 나와 주변에서 가장 높은 곳으로 오른 뒤,
어디에서 오는 느낌인지 확인코자 바삐 주변을 살피니, 저
한편으로 솟구치는 빛의 기둥이 보였다.

하지만 눈에 담자마자 빛은 사그라지고 있었다.

'…아직 안 끝났다!'

한계 너머까지 발달된 감각이 무언가 더 큰 것이 밀려오
고 있다며 신호를 보내왔다.

아니나 다를까.

번쩍!

다시금 빛의 기둥이 솟구치는 것이 아닌가.

앞서보다 더욱 강하고 압도적이며 또한 자극적이기까지
한 그 빛의 기둥은 마치 하늘과 땅을 연결시켜놓은 듯, 장
엄하기까지 한 풍경을 만들어내고 있었다.

오싹!

그에게는 드물다 싶은 감각이 찾아들었다. 소름이 끼쳤
고, 전율이 일었다.

무엇이 그로 하여금 이 같은 느낌을 들게 하는 것일
까?

'큭! 육체의 기억인가.'

단번에 그 이유를 파악했다.

반인반마!

현재, 육신의 상태를 말하라고 한다면 이와 같았다. 하

지만 본래는 마족이라 불리던 몸이었다.

그것이 '천마'라고 불리는 너무도 강한 영혼의 기억에 따라 인간화 되면서, 반쪽짜리가 된 것이다.

그 중에서 마족적인 부분이 저 빛의 기둥에 흔들리고 있었다.

말인 즉,

"…성력인가."

그것도 어마어마하다는 말로도 부족할 만큼 강렬한 신성의 기운이었다.

육체적인 부분을 제외하더라도, 그 본인도 '마'에 물든 존재였다. 때문에 저 거대한 빛의 파동에 전율하는 것이었다.

과거, 브라만이라는 이름으로 인간들 틈에서 활동하던 당시에도 대신관이라 불리는 이들을 만난 적이 있었고, 그들을 통해 성력이라는 힘에 대해서 마주하기도 했다.

하지만 저 기둥에서 비치는 것과 비교한다면, 그들 대신관이라 불리던 이들이 보여줬던 건, 마치 태양 앞 반딧불처럼 미약하다고 할 정도였다.

'누구지?'

호기심이 일어났다. 때문에 훌쩍 빛의 기둥에 다가갔다.

거리가 가까워지자 더욱 짜릿한 파동이 육신을 두드리며 밀어내는 걸 느꼈으나, 무시하며 밀어붙였다.

그리고 이내 목적지에 도달했을 때,

파슛!

신성한 빛의 기둥이 사라지고 자취를 감췄다. 한 차례 빛의 잔재를 따라 하늘을 올려다보던 그의 시선이 다시금 아래로 내려와 빛의 주인에게로 향했다.

"하…."

절로 웃음이 나왔다. 익숙한 얼굴을 발견한 까닭이었다.

'메리… 반트.'

소녀에게서 느껴지는 신성한 기운에 입 꼬리가 올라갔다. 그와 동시에 떠오르는 사내가 있었다.

'제튼!'

눈이 번쩍 뜨였다.

'이런 걸 숨기고 있었단 말이지.'

그래도 제튼의 딸아이다 보니, 몇 차례 유심히 지켜본 적이 있었다. 그로 인해 소녀에게서 성력의 흔적을 읽어내기도 했었다.

하지만 지금과 같은 수준까지 상상한 건 아니었다. 기껏해야 신관 혹은 성기사가 되겠거니 싶은 성력이었다.

예상을 한참이나 벗어난 상황이었다.

"큭큭큭…!"

재차 웃음이 새나왔다. 머리 위로 떨어지는 눈송이를 본 까닭이었다.

그의 시선이 소녀에게서 떠나 다시금 하늘로 향했다. 구름 한 점 없는 맑은 하늘에서 눈이 내리고 있었다. 이 어울리지 않는 풍경이 잠시간 시선을 낚아챘다. 이내 시선을 거둬 눈송이에 집중했다.

저 작은 눈송이 하나하나에서 느껴지는 신성한 기운에 절로 웃음이 짙어졌다.

"큭! 이런 게 기적인가."

저 안에 담긴 기운들을 읽어낼 수 있는 까닭일까?

마치 신의 축복이 하늘에서 쏟아지는 것 같은 풍경이었다.

◆

봉사가 눈을 뜨거나 앉은뱅이나 절름발이가 온전해지지는 않았다. 하지만 굽었던 허리가 조금이나마 펴지고, 극심했던 통증에 구겨졌던 인상이 펴졌으며, 잠시나마 배고 픔을 잊게 만들어줬다.

그야말로 기적과도 같은 시간이었다.

특히, 이 모든 축복이 같은 날, 같은 시각에 대륙 전체에서 발생했다는 게 중요했다.

뒤늦게 이 사실을 알게 된 사람들은 너나 할 것 없이 신의 이름을 높이며 그 자리에서 하늘을 향해 기도를 올렸다고 한다.

'기적이라….'

황제는 딱딱한 표정으로 전방을 바라봤다. 치열한 전쟁의 흔적들이 저 멀리 한가득 펼쳐져 있었다.

언데드 군단과의 전투는 어제부로 끝을 맺었다.

전해져오는 이야기를 한참 뛰어넘는 언데드들의 괴이한 신체능력과 전투방식으로 인해, 제국군은 상당히 힘든 전투를 치러야만 했다.

특히, 전투 중에 목숨을 잃는 이들이 즉각 언데드가 되어 부활하는 부분에서, 제국군이 받는 심적 타격은 심각할 정도였다.

가까운 친구 전우가 한순간에 적이 되어 칼을 들이밀고 이빨을 내미는 모습은 그야말로 충격과 공포였다.

쉽지 않았다. 황제가 직접 나서고도 쉽지 않은 전투였다. 의도적으로 적진 깊숙한 곳에서 힘을 쓰며, 저들의 지도자로 보이는 데스 나이트와 격전을 치렀다.

하지만 그럼에도 불구하고 언데드의 수는 줄어들지 않았고, 그로 인해서 점차적으로 밀리는 분위기가 형성되어 갔다.

그들의 전력은 자꾸만 줄어드는데, 저들 언데드는 죽음에서 되살아나며 항시 전력을 유지하는 까닭이었다.

데스 나이트와의 전투라도 쉬웠다면 모르겠으나, 놀랍게도 죽음의 기사는 전설을 한참 뛰어넘는 실력을 보여주며, 경계를 넘은 그녀와 대등한 전투를 펼쳤다.

순수한 저력은 그녀가 월등했다. 하지만 자르고 베여도 죽음의 기운으로 다시금 붙고 부활하는 데스 나이트는 그녀를 지치게 하고, 또 질리게 만들었다.

그렇게 지루한 공방이 한창 이어지던 어느 날, 그것이 찾아왔다.

새하얀 눈송이를 타고,

기적이 내려왔다.

〈끄으아아아….〉

언데드도 비명을 지를 수 있다는 걸 알았다. 치열한 공방을 나누던 데스 나이트 역시 비명성을 내지르며 뒷걸음질을 쳤다.

자세한 이유는 모르겠으나, 기회라는 것 정도는 알 수 있었다.

그 기세를 타고 기운을 한껏 내질렀고, 데스 나이트와의 지루한 공방을 드디어 끝맺을 수 있었다.

"후우… 기적이라."

정보원을 통해 늦게나마 눈송이의 정체를 알았고, 그로

인해서 새삼 사건의 심각성을 깨닫게 되었다.

'정말, 암흑시대가 오는 건가.'

그렇지 않고서야 시체가 깨어나고 목 없는 기사나 죽음의 기사와 같은 전설적 존재들이 등장할 이유가 없었다.

게다가 세상을 가득 채웠다는 그 축복은 또 어떠한가.

'…준비를 해야 하려나.'

비록, 언데드 군단을 처리했다고는 하나, 그녀는 이게 끝이 아니라고 여겼다. 이제 겨우 시작이라는 걸 알았다. 경계 너머에 닿은 감각이 연신 경고를 보내오고 있었다.

문득, 그녀를 향해 다가오는 은밀한 기척을 느꼈다. 그녀가 가볍게 손짓을 하자, 주변을 호위하던 기사들이 거리를 벌리며 그녀 주변으로 넓게 공간을 만들었다.

그와 동시에 검은 복장 일색의 사내가 그녀의 등 뒤로 모습을 드러냈다. 그녀의 명령으로 축복에 대해 조사를 나섰던 정보원이었다.

"찾았나?"

황제의 짧은 물음에 흑의사내가 바닥에 머리를 찧으며 대답했다.

"죄송합니다."

"아직도 못 찾았다?"

황제가 싸늘한 눈초리로 흑의사내를 돌아봤다.

"설마, 아무것도 알아내지 못한 건 아니겠지?"

그렇지는 않을 거라고 여겼다. 작게나마 정보가 있기에 모습을 드러냈을 터였다.

"축복이 내렸던 날, 크라베스카 한편에서 빛의 기둥이 세워졌다는 정보를 알아냈습니다."

"위치는?"

"…루이나르 대신관이 머무는 신전입니다."

그녀의 눈이 얇아졌다.

"방랑사제?"

출정하기 전, 그곳에서 방랑사제의 얼굴을 봤다는 정보를 입수한 적이 있었다. 때문에 그의 존재를 떠올리는 것이다.

"아직 확실한 건 아닙니다. 하지만 연관성은 두고 있습니다."

고개를 끄덕이던 황제가 재차 물었다.

"방랑사제에 대해서 좀 더 자세히 살펴봐. 그리고 성국의 반응도 알아보고."

거기까지 이야기 한 뒤, 황제의 손이 가볍게 흔들렸다. 이내 흑의사내가 신기루마냥 자취를 감췄고, 호위들이 다시금 거리를 좁혀왔다.

홀로 남은 황제의 시선이 다시금 전장으로 향했다. 비

록 언데드와의 전쟁은 끝났으나, 만에 하나의 사태를 대비하고자 시체들을 모아 불을 붙이고 있는 병사들이 보였다.

그녀의 시선이 그곳을 지나, 더 멀리까지 나아갔다. 전장 그 너머, 국경, 그리고 저 멀리 연합왕국까지.

시야에 닿지 못하는 장소였으나, 머리는 그곳을 보고 있었다.

이번에는 확실한 한 방을 보여주고자 나왔다. 하지만 상황이 재차 발목을 붙잡았다.

'언데드. 축복. 방랑사제… 암흑시대.'

몇몇 정보들이 머릿속을 복잡하게 휘몰아쳤다.

"후우…."

한숨이 짙어졌다.

'어쩔 수 없나.'

두 눈을 질끈 감으며 발길을 돌려야만 했다.

◈

소식을 듣기도 전에 알 수 있었다.

'메리…'

하늘에서 내리는 눈송이를 보았을 때, 맞았을 때, 그 안에 담긴 기운 속에서 딸아이의 흔적을 읽었다.

뿐만 아니라 마르한의 기척 역시도 느꼈다.

'…영감님.'

눈이 질끈 감겼다. 지난 번 보았던 마르한의 모습이 마지막이었다는 걸 깨닫자, 절로 가슴이 무거워지고 답답해졌다.

"후우……."

길게 숨을 밀어내며 가슴의 먹먹함을 밀어내며, 앞으로 다가올 일들에 대해 찬찬히 생각해봤다.

'슬슬 성국에서도 움직이겠지.'

아마도 마르한을 먼저 찾을 터였다.

메리의 존재를 알고 난 뒤, 이단 심판관들이 마르한을 따르게 되었다고는 하나, 그 이전의 정보들은 전부 파악하고 있을 것이다.

그로 인해 마르한이 수도에 있다는 걸 알아냈을 게 분명했다.

때문에 그를 찾아 움직일 것이다. 하지만 바로 찾아내지는 못할 터였다.

'그렇게 준비하셨으니까.'

성자라고까지 불리는 마르한이었으나, 그의 죽음은 한동안 숨겨진 것이다. 메리에게 조금이라도 더 시간을 벌어주고자, 의도적으로 그가 스스로를 감춘 것이다.

이단 심판관 역시 이를 돕고자 움직일 터였다.

'적어도… 1학년은 마칠 수 있겠지.'

조금이라도 더, 메리에게 평범한 생활을 누리게 해 줄 생각에 마련한 계획이었다. 이는 제튼 역시도 동의한 일이었다.

'하지만… 결국, 들키겠지.'

머지않아 성녀의 존재와 메리에 대한 정보가 세상에 알려지게 될 것이다.

기왕이면 그 시간이 길면 길수록 좋았는데, 이는 메리의 일상을 위한 것이기도 했지만, 마르한의 안배가 완성되기 위한 시간이기도 했다.

세상 곳곳에 뿌려놓은 그의 안배는 이미 활동을 시작했을 것이다.

하지만 그들은 성국의 관리아래 존재하는 이들이었고, 그런 만큼 성국의 눈과 귀가 수도로 집중될 필요성이 있었다.

마르한을 찾기 위해서, 메리를 찾아내기 위해서, 그렇게 온 신경을 제국으로 돌릴 때, 그동안 웅크리고 있던 참된 성직자들이 들고 일어날 것이다.

그들이 기지개를 켜기 위한 조건은 지난 각성의 날 마련되었다.

분명, 하늘에서 내리던 축복과 기적을 온몸으로 보고 느꼈을 것이다. 이를 마주하고도 움직이지 않는다?

'그렇다면… 더 이상 자격이 없지.'

물론, 만약의 사태를 위해 제튼 역시도 한 발 정도는 담글 의향이 있었다.

'멜버릭….'

그를 위한 준비 역시도 착실히 진행 중이었다.

◈

축복의 날.

대륙 모든 사람들이 신의 온기를 느꼈고, 기적을 경험했다. 당연하게도 이는 성국 역시도 포함된 이야기였다.

오히려 신의 뜻을 이어가는 성직자들이기에 더욱 민감하게 반응했다. 그날 그 이적의 순간, 성국의 모든 성직자가 하늘을 우러러 보며 경배를 했다고 하니, 더 말해 무엇하랴.

덕분에 잠시간 성국내의 모든 일정이 마비되었을 정도였다.

"허어…."

그 어마어마한 파급력으로 인해 가장 크게 골머리를 썩는 이가 있었으니, 그가 바로 성국을 대표하는 존재 교황이었다.

물론, 그 역시 축복의 날에는 크게 기쁨을 느꼈다. 하지만 오래도록 변질되어버린 까닭일까? 환희는 길게 이어지지 못했다.

이 날을 기점으로 다양한 문젯거리들이 발생한 까닭이었다. 종류는 다양하나, 그 중에서도 가장 그를 골치 아프게 만드는 건 따로 있었다.

신녀회!

오랜 세월 그 활동을 자제해 온 까닭에, 이제는 성국 내에서만 그 모습을 볼 수 있는 단체로써, 여신관들이 모여서 탄생한 집단이었다.

이름에서 짐작할 수 있듯이, 그들은 성녀를 중심으로 활동하는 단체였다.

하지만 최근 백년여의 시간 동안은 성녀의 등장이 없었고, 그 때문인지 오랜 세월에 걸쳐 그들 신녀회의 힘은 약화되어 왔다.

성녀를 위해 모인 단체라고는 하나, 성국 내에서 여신관들의 목소리를 대변하기 위한 단체이기도 한 까닭에, 자연스레 신녀회의 힘이 부족한 만큼 발언권도 약화될 수밖에 없었다.

자연스럽게 그 세력들은 교황의 세력에 흡수되거나 흩어져버린 상황이었는데, 이번 축복의 날과 함께 그녀들이 다시금 뭉치는 모습을 보여주고 있었다.

그 이유 정도는 충분히 짐작 가능했다.

성녀의 탄생!

아직 그와 관련된 어떠한 이야기도 나오지 않았고, 심지어 신탁마저도 내려오지 없었지만, 어째서인지 그쪽으로 생각이 기울고 있었다.

전 대륙을 아우르는 성력의 발현이었다. 축복 또는 기적이라고 불리는 그 어마어마한 이적을 어찌 설명하겠는가.

"성녀가 깨어날 때, 신의 은총이 대지를 비추리라."

나직하게 흘러나오는 교황의 중얼거림은 성국의 교리와 역사 속에서 함께 이어져 내려오는 내용이었다.

고대로부터 성녀가 탄생할 때는 거대한 성력이 대지를 강타하고는 했다. 때문에 성녀에 대한 생각을 멈출 수 없는 것이다.

'하지만…'

너무 거대했다. 그가 알기로는 성녀의 탄생 시에 내리쬐는 축복과 이번에 발현되었던 축복은 그 격차가 너무 심했다.

'대륙 전체를 아우르는 축복이라니.'

성국의 수도, 그 중에서도 대신전이 있는 주변만을 가득 채우는 정도가 전부였던 지금까지의 역사를 생각해본다면, 이번 축복의 날은 그로 하여금 많은 생각을 하게 만들었다.

자꾸만 머리가 복잡해지며 두통이 일어나자, 자연스레 펜던트로 손이 갔다. 펜던트로부터 은은히 피어나는 성력에 기대어 겨우 두통은 진정시켰으나, 머릿속은 여전히 상념으로 가득 차 있었다.

"후우우우…."

애써 신녀회와 관련된 고민거리를 밀어놨더니, 새로운 문젯거리가 두개골을 두드려대며 가슴을 자극했다. 그 답답함이 적잖았던지, 결국 짙은 한숨이 입술을 비집고 새나왔다.

'멜버릭….'

오로지 '그의 기사'로써 키워낸 비밀병기가 최근 들어 조금씩 말썽을 부리며, 일종의 반항의식을 표출하고 있는 까닭이었다.

별의 영역에 올랐다는 소식을 들었다. 이미 그 영역에 오른 상태였으나, 기존의 멜버릭은 완전한 상태가 아니었다.

그저 한 발 걸치고 있는 정도였다.

하지만 최근 입수한 보고서를 통하자면, 이제는 온전히 별의 영역에 몸을 담갔다고 했다.

분명, 기쁜 소식이었다.

'그런데… 어째서….'

그 같은 사실을 숨기고 있는 것일까?

'이전이라면 바로 보고를 했을 터인데.'

멜버릭에 관한 소식을 그의 입이 아닌, 타인을 통해서 듣게 된 것이다. 만에 하나의 사태를 대비하여 붙여놓은 정보원을 통한 것이었는데, 이를 통해서 멜버릭에게 의심을 품게 되었다.

다시 머리가 아파오려는 것 같아, 급히 생각을 다른 방향으로 돌리지만, 이번에도 역시 골치 아픈 문제가 튀어나왔다.

마르한 케메넨스!

제국 수도 크라베스카로 들어갔다는 것 까지는 알고 있었다. 하지만 이후의 정보가 없었다. 그를 감시하던 이단 심판관과의 연락이 두절된 까닭이었다.

'설마… 넘어갔나?'

이단 심판관들이 마르한에게 붙었을지도 모른다는 생각이 들었다.

"후우우우…."

결국 나오는 건 한숨이요 느는 건 주름이었다. 제국 수도에서 일어났다는 빛의 기둥에 대한 조사도 해야 하기에, 급히 성국의 요원들을 움직인 상태였다.

이들을 통해 마르한과 이단 심판관에 대한 소식도 파악할 수 있을 거라 여겼다.

생각이 꼬리를 물고 이어진다고 해야 할까? 제국 수도

와 빛의 기둥에 생각이 닿고 나자, 다시금 축복과 성녀에 대한 문젯거리가 떠올랐다.

"으음⋯."

절로 신음성이 새나왔다.

◆

빛이 내려앉은 축복의 대지라고 불리는 성국이었으나, 그곳에도 그늘은 있고, 이 같은 어둠을 틈탄 은밀한 만남 역시 존재했다.

신녀회의 수장 에셀란 도엔과 성국의 떠오르는 신예 멜버릭 알슨.

그들이 새벽녘 짙은 어둠 속에서 서로를 마주하고 있었다.

"설마⋯ 멜버릭 경께서 저를 찾아오실 줄은 몰랐습니다."

먼저 말문을 연 것은 에셀란이었다. 음성 속에 경계심이 묻어나오는 것이 느껴졌다.

멜버릭은 교황파 측의 신예로 알려져 있기에, 신녀회의 수장인 에셀란으로써는 당연한 반응이었다.

이에 멜버릭은 시작부터 파격을 입에 담았다.

"교황과의 관계는 잊어주십시오."

에셀란의 눈가에 이채가 스쳤다. 그도 그렇게 교황파라면 필히 교황 '성하' 라며 존칭을 붙이는데, 멜버릭은 이를 의도적으로 떼어놓은 것이다.

"교황의 검이라고 불리는 경의 입에서 그런 이야기가 나올 줄은 몰랐군요."

그녀의 말에 이번에는 멜버릭의 눈에 이채가 스쳤다. 그도 그렇게 '교황의 검' 이라는 부분은 아직 알려지지 않은 사실이기 때문이었다.

경지에 올라 조금씩 대외활동을 시작하고는 있으나, 아직까지는 그저 교황파의 '신예' 일 뿐이었다. 교황의 '검' 이라고 불리기에는 부족함이 있는 것이다.

실제로도 상당부분 실력을 숨기고 있는 까닭에, 그에 대한 인식이 일정수준을 넘어서지 못하는 상황이기도 했다.

"확실히 그런 시절도 있었지요."

에셀란의 이야기를 인정하면서도 부정하는 느낌의 대답이 흘러나왔다.

"지금은 아니라는 겁니까?"

당연한 의문이었다. 이에 멜버릭이 고개를 끄덕이며 답했다.

"저는… 에데로안님의 검입니다."

생소한 이름에 에셀란의 눈에 의문이 깃들었다.

"에셀란 대신관님은 잊혀진 고대의 신들에 대해서 아십니까?"

"…아!"

짧은 탄성. 그것으로 대답은 충분했다. 비록 과거에 비할 바는 안 되나, 신녀회의 정보력은 아직도 제법 그 흐름을 유지하는 중이었고, 이를 통해서 멜버릭과 관련된 정보도 적잖게 파악하고 있었다.

'고대신이구나!'

에데로안이란 이름은 고대신을 칭하는 것이리라.

"엘 로우 힘."

에셀란의 입에서 나직한 기도문이 흘러나왔다. 이에 호응하듯 멜버릭 역시 그만의 기도문을 입에 담았다.

"바로 아모다 에데로안."

그 순간 비쳐지는 은은한 성력에 에셀란의 눈이 살짝 커졌다. 참된 성력의 광채를 본 까닭이었다. 그리고 이 은은한 빛 무리는 일부나마 그녀의 경계심을 흩어놓고 있었다.

"진정, 그대는 신의 품에 들었군요."

"이단이라고 여기지 않으십니까?"

"…저는 신녀회의 수장입니다."

그런 만큼 상당량의 지식도 지니고 있었다. 그 안에는 잊혀진 성국의 역사도 담겨있었다.

"고대신 역시 힘과 함께 하시는 분들이라는 걸 알고 있습니다."

그녀의 이야기에 멜버릭이 슬쩍 웃어보였다.

"역시, 에셀란 대신관님을 찾아뵙기를 잘 한 것 같습니다."

길지 않은 시간, 서로에 대해 작게나마 알게 되면서, 본격적인 대화의 준비가 갖춰졌다.

◆

딸아이의 문제 때문일까? 성국에서 나오는 정보들에 대해서는 특히 유별나게 귀를 기울이게 되면서, 자연스레 성국과 관련된 정보들의 양이 늘어나기 시작했다.

제튼은 그렇게 하루가 다르게 쌓여가는 성국의 정보 속에서, 눈에 확 띄는 정보를 하나 잡아챌 수 있었다.

'멜버릭이 움직였나….'

자세한 정보가 아닌 그저 추측성 정보들이 적혀있었는데, 그나마도 하나로 통합된 것이 아닌 여러 내용들로 흩어져 있어서, 제튼 역시도 확신을 하기는 어려웠다.

그래도 상당히 높은 확률로 들어맞을 거라고 여겼다.

특히, 멜버릭과 관련된 정보들 중에서, 그의 태도가 거칠던 전과 다르게 좀 더 부드러워졌다는 부분이나, 교황과 분위기가 안 좋다는 부분 등에서 확률의 상승을 잡아낼 수 있었다.

'마스터에 올랐군.'

이 역시 추측이었다.

하지만 태도의 변화가 이런 짐작을 하게 만들었다.

과거의 멜버릭이 거칠었던 건, 고대신을 제대로 받아들이지 않으면서, 두 종류의 성력이 쌓이고, 그렇게 내부의 기운이 불안정해지면서 발생하는 일종의 짜증이었다.

하지만 마스터에 오르면서 이 같은 기운의 불균형이 고쳐졌을 터이고, 성격 역시도 한층 완화되었을 게 분명했다.

'아마도… 고대신을 품었겠지.'

애초에 별의 영역에 발을 들였던 것도 고대신의 성물과 그 성력의 도움이 컸다. 때문에 고대신을 온전히 받아들이지 않는다면 결국 거의 대부분의 힘을 잃었을 터였다.

제튼이 간혹 찾아가 검술을 봐주기는 했지만, 다 합쳐봐야 일주일도 안 되었다. 순수하게 검술만을 통해서 경지에 오르기에는 한참이나 부족한 시간이었다.

그렇다고 두 가지 성력을 끝까지 품고가기도 어려웠다. 어찌되었건 성력은 신의 힘이었다.

신이란 아득히 높은 존재였다. 두 기운을 욕심으로 끌어안는다? 이는 두 신을 기만하는 행위였다. 오히려 부작용이 일어나며 육신이 크게 무너졌을 것이었다.

이런저런 정보들을 읽어나가며 멜버릭의 변화를 짐작했고, 갑작스레 활동이 활발해진 신녀회의 움직임을 통해, 멜버릭과 신녀회가 접촉했음을 알 수 있었다.

〈성녀가 깨어난다!〉

마지막으로 만나던 날, 헤어지기 전에 제튼이 직접 멜버릭에게 전한 내용이었다. 이를 통해서 의도적으로 멜버릭의 다음 행동과 동선들에 길을 열어주었다.

그곳으로 발을 들일지 안 들일지는 미지수였으나, 교황과의 관계가 멀어지고 있다는 정보에서, 그가 신녀회로 걸음을 했다는 걸 짐작할 수 있었다.

"백오십… 아니, 백년인가."

신녀회가 숨죽이고 있던 시간을 계산해봤다. 성녀가 탄생하지 않은지도 어느새 그 정도의 시간이 흘렀다.

대개 성녀는 매 시대마다 존재해왔다. 성녀가 죽을 즈음이면 새로운 성녀를 점지하기에, 자연스레 그녀들의 흐름이 이어져 온 것이다.

하지만 이 같은 흐름이 온전히 유지된 건 아니었다.

간혹 바로 다음 성녀가 탄생하지 않고, 오랜 시간을 이어가는 경우가 있었는데, 대개 그 기간이 오십년 정도였다. 혹여 이를 넘어간다 하여도 그 기간이 백년여의 시간을 넘어가는 경우는 없었다.

때문에 최초 오십년은 신녀회도 제법 목소리를 높였을 것이다. 하지만 오십년이 지난 이후에도 성녀가 탄생하지 않으면서, 그들의 발언권은 점차적으로 약화되어야만 했다.

"백년을 숨죽였던 이들이 활발하게 움직인단 말이지."

축복의 날.

이 때를 기준으로 성녀에 대한 대비를 한다고 해도, 조사에 필요한 시간을 생각한다면, 아직 저처럼 활발한 활동을 할 시기가 아니었다.

헌데, 저 같은 행동을 보인다는 건, 멜버릭이 움직였고 성녀에 대한 소식을 전했다는 의미였다.

신녀회에서 이를 어찌 받아들이느냐가 문제였는데, 상단에서 보내온 그녀들의 움직임으로 본다면, 긍정적으로 받아들인 것 같았다.

"시작은 나쁘지 않네."

만족스러운 듯 고개를 끄덕이는 제튼의 입가로 옅은 미소가 걸려 있었다.

◈

분명 제국의 수도까지 도착하라는 명을 받았으나, 갑작스런 상황변화로 인해 이를 이행하기가 어려워져버렸다.

'끄응….'

금각은 앓는 소리를 삼키며 머리를 절레절레 흔들어야
만 했다. 은각이 이끄는 몬스터군 역시도 전사들의 수가
부족해서 결국 중도 퇴각을 해야만 했으니, 결국 천마의
명을 제대로 수행하기가 어려워진 것이다.

'하필이면 그 순간에 축복이라니.'

대륙 전체를 아우르던 그 기적은 금각도 잘 알고 있었다.
그를 포함한 세 마족은 마계에 속한 존재이기에 더욱 민감
하게 반응할 수밖에 없었다.

그나마 다행이라면, 최소한의 안전대책은 세워놨다는
점이었다.

'통하느냐가 문제인데… 으음!'

이래저래 속앓이를 하며 다가올 매타작의 날을 기다리
고만 있을 뿐이었다.

그리고 얼마 지나지 않아, 예고된 그날이 찾아왔다.

새해 첫 날,

"약속을 어겼더라?"

세 마족에게 명령을 내렸던 존재, 천마가 직접 방문을
한 것이다.

기다렸다는 듯 금각이 안전대책을 꺼내들었다.

"새로운 계획이 있습니다."

그 힘찬 외침에 천마는 물론이요 뒤에서 대기 중이던 은

각과 대성 역시도 눈을 빛내며 금각을 바라봤다.

"…계획?"

"옙! 우마왕을 아주 제대로 물먹여주는 계획입니다."

"호오?"

살살 손가락 뼈마디를 풀며 매타작 준비를 하고 있던 천마가 손에 힘을 푸는 게 보였다. 기회는 이때라는 듯 금각이 이야기를 풀어냈다.

"판을 깨는 겁니다."

어떤 의미로 하는 소리일까?

"지금 우마왕은 마계에서 더 이상 힘을 키우는 게 어렵다고 판단해서 중간계에 눈독을 들이고 있습니다. 다른 마왕들에게 들킨다면 일이 틀어질 수도 있어서인지, 입단속도 철저히 하더군요."

금각 일행이 중간계로 오기 전까지 경험했던 까닭에, 더욱 확실히 알고 있는 부분이었다. 특히, 천마의 세력을 경계하고 있는 탓에, 그들에 대한 감시가 유독 철저했다.

"저희는 그 부분을 파고드는 겁니다."

"파고든다?"

"그렇습니다. 우마왕이 만든 기존의 판을 깨고, 새로운 판을 만드는 거지요."

무언가를 예감한 듯, 은각의 동공이 점차 커지고 있었

다. 천마 역시도 그들 못지않게, 오히려 더욱 압도적으로 머리가 잘 돌아가는 만큼, 단박에 다음 내용을 짐작할 수 있었다.

"설마, 판을 키우자는 소리냐?"

때문에 확인을 하기 위하여 이리 물었다.

"예. 판을 깨고, 키우는 겁니다."

대성은 이게 무슨 소리인가 싶었으나, 이어지는 내용이 그마저도 이해시켰다.

"다른 마왕을 끌어들여 우마왕의 독식 체제를 견제하는 거지요."

천마의 눈이 얇아졌다. 다른 마왕들에게 소식을 전하는 것도 쉽지 않건만, 거기에 더해 마왕까지 끌어들인다? 그건 더더욱 어려운 이야기였다.

게다가 우마왕의 경우에는 이곳 세상에 본신의 능력을 온전히 지닌 채 강림할 준비가 끝나가고 있지 않던가.

천마라는 존재 자체가 그의 완전 강림을 위한 매개물이 었다.

비록 그들의 관계가 어찌 되었건, 천마와 우마왕은 종속 관계였고, 그런 이유로 천마가 이곳에서 힘을 쌓는 만큼 우마왕도 본체에 가까운 능력을 지닌 채 강림할 수 있는 것이다.

이를 막기 위해서는 천마가 힘을 쌓지 않아야 하나, 그의 성격상 비실비실한 상태로 지내는 건 무리가 있었다.

매개체가 될 천마의 존재외에도 여러 준비들이 필요하나, 그 정도는 마계에서 조금만 무리를 한다면 충분히 준비 가능한 것들이었다.

결국 천마의 존재가 가장 중요한 핵심인 것이다. 당연히 이 같은 특별한 매개체도 없이 마왕을 강림시키는 건, 오히려 하지 않느니만 못한 상황으로 이어질 확률이 높았다.

때문에 금각을 바라보는 천마의 눈길이 곱지 못한 것이었다.

하지만 즉각 주먹을 날리지 않는 건, 금각 역시도 이 정도 사정은 알고 있을 것이라는 이유에서였다.

알면서도 저 같은 이야기를 꺼냈다는 건, 나름대로의 해결책이 있다는 의미이지 않겠는가.

"이번에 죽음의 기사가 깨어났었습니다. 주군께서도 짐작하시겠지만, 그 놈은 일반적인 데스 나이트와 다르게 소환으로 불러낸 망령이 아닌, 제 스스로 깨어난 놈입니다."

마계에서 끌어올린 것이 아닌 중간계에서 탄생한 데스 나이트였고, 그만큼 지닌바 능력의 한계 역시도 높은 수준이었다.

경지 너머에 있다는 황제와도 자웅을 겨룰 정도였으니,

충분히 일반적인 데스 나이트의 영역을 넘어섰다고 할 수 있었다.

"그놈을 매개체로 삼는 겁니다."

"시체 놈들을 끌어 들이겠다?"

"예. 사령술사 '비헤름'을 판에 넣는 겁니다."

마계 최악의 마법사로도 불리는 마왕으로써, 그가 지닌 세력은 하위권의 마왕과 같으나, 그 개인의 능력은 충분히 상위권에 닿아있다고 알려진 마왕이었다.

죽음을 부리는 네크로맨서 마법으로 적군의 시체마저 휘하에 두고 전투를 치르니, 어느 틈엔가 자신의 전력이 상대의 것이 되어버리는 기이한 상황이 만들어지기 일쑤였고, 그러다보니 마계에서도 기피하는 대상이 되어버린 존재가 바로 비헤름이었다.

"확실히 자연 발생한 데스 나이트라면 여러모로 쓸 만하기는 하지. 그래도 겨우 데스 나이트 한 놈으로 비헤름을 끌어들이는 건 무리일 텐데."

겨우 연락이나 취하는 게 전부일 터였다. 물론, 이 정도라도 가능하다는 게 대단한 것이기는 했다. 어쨌든 마왕이라는 존재와의 연결이었다.

겨우 데스 나이트 한기로 가능한 일이 아니었다. 자연 발생이라는 특수조건 덕분에 이나마도 가능해진 것이다.

"비혜름과 연락만 취해도 충분합니다."

금각의 이야기에 천마가 눈을 빛냈다. 숨겨진 뒷이야기를 짐작한 것이다.

"진짜가 따로 있는 거냐?"

그의 물음에 금각이 고개를 끄덕였다.

"예. 비혜름과 연락을 취하고, 그가 준비만 잘 한다면, 충분히 강림할 수 있을만한 육신이 있습니다."

그리 답하는 금각의 머릿속으로 한 사내가 떠올랐다.

에지텍 리베란!

무려 일백에 달하는 흑마법사들을 이끌고 온 리베란 가문의 그림자로써, 그는 무리에 합류하면서 다양한 마법 도구와 재료 및 실험물들을 들고 왔었는데, 그 안에 아주 놀라운 존재가 하나 포함되어 있었다.

'운트라고 했던가.'

이미 죽어있는 시체나 다름없건만, 그 안에 담긴 거대한 힘으로 인해서인지, 육신만큼은 여전히 힘차게 펄떡거리고 있는 아주 독특한 실험체였다.

금각이 생각하고 있는 안전책의 결정판이기도 했다.

'드래곤 하트의 기운에 정령력까지 품고 있었지.'

게다가 기사의 단단한 육체도 갖춘 상태였다.

'그 정도라면 비혜름도 충분히 만족할 터.'

막상 비혜름을 끌어들인다고는 했으나, 그가 쉬이 합류

할지도 문제였다. 하지만 운트의 독특한 육신을 보게 된다면, 분명 그 역시도 소환에 응할 것이라고 여겼다.

거기까지 생각하던 금각의 시선이 천마에게로 향했다. 초반보다 한결 풀린 천마의 표정이 눈에 들어왔다.

'흐흐…'

적어도 그는 매타작에서 피할 수 있을 거라는 확신이 생겼다.

"좋아. 제법 재밌는 계획이야."

만족스런 듯 고개를 끄덕이는 천마의 모습이 보였다. 확신이 더욱 진해지는 순간,

"그럼, 이제 맞아야지."

천마가 활짝 웃으며 반전을 제시했다.

'아…'

새삼 그들 주인의 성격을 떠올렸다.

〈때리기로 한 이상, 무조건 때린다.〉

그게 천마였다.

◈

거리 가득 채워져 있는 공기를 느끼고 있노라면, 언데드 군단의 침공으로 인해 한 차례 몸살을 앓았다는 것이 믿기지 않을 정도였다.

'축복의 날 때문이겠지.'

세바르는 제국 수도를 맴돌고 있는 분위기의 정체를 잘 알고 있었다.

이곳 수도에 신의 축복이 내렸다는 소문.

성녀가 수도에서 깨어났을지도 모른다는 소문.

제국의 수도가 축복받았다는 소문.

등등… 각종 흥미진진한 이야기들이 수도 곳곳을 떠들썩하게 만들고 있는 것이다.

그 덕분에 언데드와 관련된 화젯거리가 빠르게 묻힐 수 있었다.

물론, 언데드 군단의 소식이 아주 묻혀버린 건 아니었다. 전쟁이 황제군의 승리로 끝이 났다는 소식이 이미 수도를 강타한 뒤였다.

당연히 황제에 대한 이야기도 곳곳에서 맴돌고 있었다.

이래저래 흥겨운 이야기들이 가득하니, 자연스레 분위기가 더욱 올라가는 것일지도 몰랐다.

하지만 모두가 이 분위기에 취해있는 건 아니었다.

'대륙을 아우르는 축복이라….'

나름대로 제법 역사를 알고 있다고 여기건만, 그런 그의 지식 속에서도 그토록 거대한 기적은 존재하지 않았다.

물론, 그가 아는 지식도 결국은 극히 일부이기에 무어라 확신하기는 어려운 정보였다. 하지만 어째서인지, 이 거대한 축복에는 그만한 후폭풍이 존재할거라는 예감이 들었다.

"하아… 이렇게 분위기가 뒤숭숭할 때는 적당히 몸을 사리는 게 최고인데."

안타깝게도 현재 그의 상황에서는 그러기가 쉽질 않았다.

본의 아니게 오르카와 몸살이 나도록 대련을 하며, 바라지 않는 수련을 하고 있는 상황이었다.

어찌나 거세게 몰아붙이는지, 어느새 앞을 가로막고 있던 얇은 벽 하나를 넘어버렸다.

'그러면 뭐하냐고.'

아직도 가야할 길이 한참이기에 절로 어깨가 처졌다.

"내 신세가 어쩌다가… 끄웅!"

앓는 소리가 절로 나오는 매일이었다.

◆

상상도 못 했던 결과라고 해야 할까?

"…이런 결과가 나올 줄이야."

너무도 황당한 상황에 로브인은 웃어야 할지 울어야 할지 모르겠다는 표정을 지어야만 했다.

"마지막으로 필요한 한 조각이, 설마 성력이었다니. 킥 킥킥!"

고개를 절레절레 흔드는가 싶던 그가 결국에는 웃음을 터트렸다. 어쨌든 결과는 좋게 나왔으니 기뻐해야 하는 게 맞다고 여긴 것이다.

축복의 날!

마침 외부 실험이 한창이던 그 날, 세상에 뿌려졌던 성 력의 잔재가 실험장으로 날아들어 실험체에 닿았고, 놀랍 게도 실험체가 완성되었다.

피에 미친 살인귀. 악마. 마왕. 등등의 다양한 악질적인 수식어로 표현되었던 존재를 재현시키는 실험이었다.

당연히 그와 관련된 그림은 항시 어두운 색상으로 가득 했다.

버서커!

혹은 광전사라 불리는 존재의 탄생이었다. 설마, 거기에 필요한 조건에 '성력'이 끼어있을 거라고 생각이나 했겠 는가.

"…킥킥킥!"

재차 웃음이 나왔다.

궁귀 에룬!

실험체이자 그들 일족의 하수인이며 손과 발이 되어야 할 존재를 만들어냈다.

하지만 막상 완성된 실험체와 마주했을 때, 이미 그의 무릎은 굽혀져 있었고, 머리는 땅에 닿아 있었으며, 마음은 굴복하고 있었다.

"망했네!"

정말 그 말이 딱 어울리는 상황이었다.

"키힉힉! 뭐, 상관없나."

광전사를 만들기 위해 스스로의 정신을 비틀어 버린지도 오래였던 까닭일까? 이 웃기지도 않는 상황에서도 웃음이 절로 나왔다.

실험체를 통제하기 위해, 오랜 시간 일족이 완성시켜온 정신지배 마법은 통하지도 않았다. 이미 탄생과 동시에 깨어져 있는 상황이었다.

지배하려고 했더니 오히려 지배를 당해버렸다.

"키히히히!"

최악의 결과가 나왔건만, 그럼에도 불구하고 웃음이 나오는 건 아주 간단했다.

"어쨌든 완성은 시켰으니까. 킥킥킥!"

게다가 이번 결과를 통해 새로운 사실을 알게 되면서, 일족의 역사서에 '진실'을 써내려갈 수 있었다.

인세의 악마라고까지도 불렸던 버서커의 탄생에 성력이 필요했던 이유를 알았다.

천사!

신들의 사자라고 불리는 그 지고한 존재.

마족과는 결코 같은 선상에 놓일 수 없는 천상의 종족.

"킥! 버서커의 정체가 설마, 타락한 천사일 줄이야. 그럼 우리 일족은 천사의 후예인가. 키히히힛! 재밌다. 재밌어!"

아주 흥미로운 결론에 절로 웃음이 나왔다.

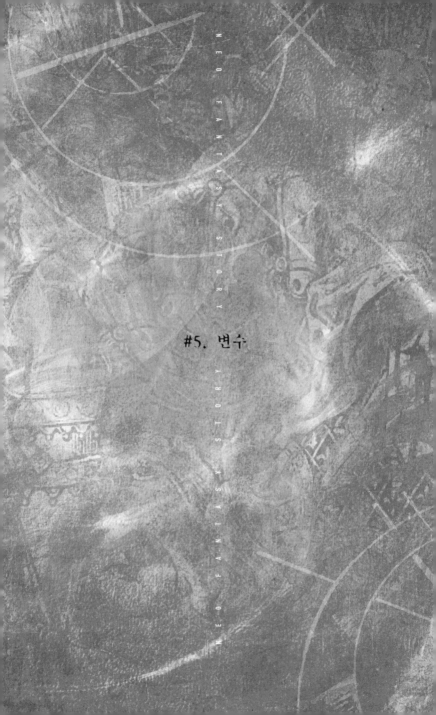

#5. 변수

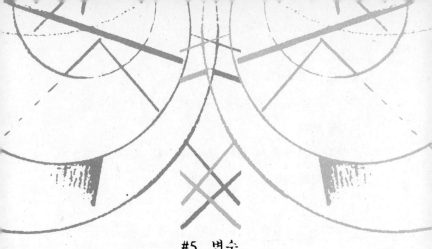

#5. 변수

너무도 갑작스런 상황변화는 판단력을 흐리는 경우가 많았고, 이는 정신적인 틈을 만들어내며, 의도치 않는 결과로 이어지고는 했다.

파스카인 공작은 지금 자신의 상황이 그와 같다고 여겼다.

'어쩌다 이리 된 건지….'

삼공작 체제를 무너트리고, 어느새 독보적인 귀족파의 중심축으로 자리 잡은 것도 어느새 십여년에 가까운 시간이 흘렀다.

그 와중에 쌓아올린 그의 세력은 실로 어마어마하다는 말로도 부족할 정도로써, 제국의 실세라고 해도 부족함이 없다고 여겼다.

실제로도 제국 대부분의 귀족이 그처럼 여기는 분위기이기도 했다.

하지만 그 모든 게 마치 꿈이라도 되는 것 마냥, 하루아침에 무너져 내리는 것이 아닌가.

'…황제!'

그녀가 보여줬던 무시무시한 능력에 많은 귀족들이 등을 돌리기 시작했다.

잠시 당황한 사이 그의 세력을 흔드는가 싶더니, 많은 수의 귀족들을 황제파로 돌려버린 것이다.

파스카인 공작마저도 당황할 정도의 상황이었다. 당연하게도 많은 귀족들이 혼란을 느꼈고, 황제는 정확히 그 틈을 파고들었다.

물론, 여전히 파스카인 공작의 세력은 어마어마하다고 할 수 있었다. 하지만 이미 한 차례 파탄이 난 상태였고, 그들 세력 내에는 큰 생채기가 남아있는 상황이었다.

'설마, 황제에게 그런 능력이 있었을 줄이야.'

더욱 놀라운 건, 황제가 그의 세력을 흔들던 당시 비쳐졌던 귀족들의 모습이었다.

'이미 물밑 작업을 해 놓은 상태였지. 쯧!'

오래도록 그 능력을 감췄듯이, 그의 세력에도 오랜 시간에 걸쳐 간자들을 심어놓았던 것이다.

언제부터 그런 작업을 해 왔는지는 알 수 없으나, 긴 세월 발톱을 숨겨왔다는 걸 생각해 본다면, 결코 적지 않은 시간을 투자했으리라.

'좋지 않군.'

여전히 그의 세력은 거대해서, 아직까지는 제국의 실세라는 이름표를 달고 다닐 수준이기는 했다. 하지만 황제의 능력을 생각해본다면 지금 상황은 충분히 위기라고 해도 과언은 아니었다.

이 골치 아픈 상황 속에서도 위안이 되는 소식이 하나 있었다.

"드디어 버서커를 완성했다고?"

오랜만에 찾아온 로브인의 이야기에 그도 모르게 엉덩이가 들썩였다.

"부작용은 어떻게 됐지?"

몇 차례 강제적인 실험을 행했었고, 그때마다 이성을 잃어버리는 결과가 나왔던 걸 기억하고 있었다.

로브인이 슬쩍 웃음을 비치며 말했다.

"해결 됐습니다."

"오…오오!"

파스카인 공작의 눈에 불이 들어왔다.

사실, 파스카인 공작가에서 비밀리에 실행하는 버서커와 관련된 실험은 한 차례 성공을 거둔 적이 있었다.

실험에 참여했던 기사들은 일정시간동안 괴력을 발휘하는 모습을 보여줬었다.

파스카인 공작은 이를 통해서 경지 너머로 발돋움 하고자 했으나, 안타깝게도 거기에서 새로운 문제점이 발생해 버렸다.

별의 영역에 이른 파스카인 공작의 능력은 크게 증폭이 되질 않았던 것이다.

환희는 실망으로 바뀌었고, 실험은 새롭게 재개되었다.

기존에 쌓아놓은 실험정보가 있던 덕분일까? 실험은 별다른 문제없이 순조롭게 이어졌고, 드디어 오늘 그 완성 소식이 날아든 것이다.

브라만 대공이 사라지고, 검작공마저 대외활동을 접은 지금 상황에서, 제국을 대표하는 최강의 무력은 파스카인 공작이라고 할 수 있었다.

헌데, 그 위치를 황제에게 빼앗기게 생겼다. 아니, 이미 빼앗긴 것이나 다름없었다.

때문에 버서커 실험의 완성소식은 가뭄에 단비와도 같게 느껴졌다.

"하하하! 고생했네. 고생했어!"

기쁜 마음에 칭찬이 절로 나왔다. 이에 로브인이 정중히 고개를 숙여 보이는데, 바닥으로 향하는 로브인의 입가에 비릿한 미소가 어려 있었다.

사실, 파스카인 공작과 그의 가문에서 원하는 버서커의 실험은 한참 전에 완성이 된 상태였다.

하지만 로브인은 이 같은 사실을 숨긴 채, 실험의 수준을 낮추고 부족한 결과물을 내보였는데, 이는 파스카인 공작가의 지원을 받아내기 위한 수작이었다.

그들 일족이 바라는 '전설 속' 버서커를 완성시키기 전까지는 최대한 저들을 우려먹을 생각이었다.

만약, 이번에도 버서커가 완성되지 않았더라면, 또 다시 실험 결과를 속여야 했겠으나, 다행스럽게도 일족의 염원인 버서커가 탄생하면서, 이 같은 수작은 더 이상 필요치 않게 되어버렸다.

"이번 실험의 결과물입니다."

로브인은 품 안에서 하나의 포션과 하나의 서적을 꺼내어 건넸다.

이를 본 파스카인 공작의 눈이 빛났다. 포션은 버서커가 되기 위한 일종의 오러 농축액과 같은 것이었고, 서적은 이를 위해 마련된 연공법이었다.

과거에도 한 차례 경험해 본 적이 있는 까닭에, 보는 것만으로도 군침이 도는 기분이었다.

이는 기분만이 아니라 실제로도 그 같은 현상이 일고 있었는데, 앞서 그의 몸에 흡수되었던 포션과 연공의 영향으로 인한 것이었다.

그 모습을 눈에 담은 로브인이 다시금 고개를 숙여 보이며 미소를 그렸다.

과거에 먹었던 포션을 통해, 이미 파스카인 공작은 버서커에 한 발 담갔다고 볼 수 있었다.

하지만 별의 영역에 닿은 공작의 능력이 오히려 포션에 담긴 기운을 압도하면서, 그 효력이 제대로 발휘되지 못했다.

'이번 건, 좀 다를 거다. 킥!'

실소가 나오려는 걸 애써 삼켜내는 그의 머릿속으로, 버서커의 명령이 떠올랐다.

〈파멸을 준비하라!〉

확실히 제정신으로는 할 수 없는 이야기였다.

'그걸 실행하는 나도 제정신은 아니지. 킥… 킥!'

입가에 걸린 미소는 정녕 즐겁다는 듯 한껏 들떠있었다.

◈

〈문제가 있어서 그러는데, 잠시 만날 수 있겠나.〉

에르낙에게 날아온 갑작스런 통신에, 제튼은 즉시 신형을 날렸다.

대략적으로나마 예상되는 이유가 있는 까닭이었다.

한 줄기 바람이 되어 허공을 가른 그의 신형은 순식간에 대륙을 가르며, 에르낙의 거처에 다다랐다.

역시나라고 해야 할까?

'영웅의 후예들인가….'

상당한 실력자들이 에르낙의 거처에 머물고 있음을 알수 있었다. 그의 기척을 느낀 것일까? 에르낙이 문을 열고 나오며 그를 반겼다.

"허헛! 생각보다 빨리 왔군."

"마침 근처를 지나는 중이었습니다."

그리 답을 하는데, 에르낙의 거처에서 일단의 무리가 우르르 나오는 게 보였다.

그 숫자가 정확히 일곱이었는데, 그들이 바로 에르낙과 연락이 된다는 영웅의 후예들이었다.

'하나같이 익스퍼트 상급은 되는군.'

과연, 영웅의 핏줄이라는 생각이 들었다. 사실, 저들이 남다른 혈통을 타고나는 것에도 이유가 있었다.

알려지지 않은 '진실'로써, 영웅의 후예라고 불리는 이들의 핏속에는 중간계 최강의 생물체, 드래곤의 피가 섞여 있는 까닭이었다.

이 부분에 대해서는 최근에 대련으로 제법 친해진 마티나를 통해서 알게 된 내용으로써, 드래곤의 피를 이었다고는 하나, 드래고니안과는 다른 경우라고 할 수 있었다.

〈인간 세상에 보면 오러 농축액이라는 게 있더군요. 그와 같은 걸 저희들의 피로 만드는 거예요. 대개의 사람들은 이걸 먹으면 허물을 벗고는 하는데, 그렇게 탈피라는 걸 하고 나면 드래고니안과 다르게, 사람이되 저희의 피를 타고나는 존재가 탄생하게 되는 거예요.〉

잠시 마티나의 설명을 떠올리던 제튼의 시선이, 일곱의 후예들에게로 향했다.

기다렸다는 듯 시선을 맞춰오는데, 하나같이 투지가 엿보이는 걸 통해, 그가 이곳으로 오며 떠올렸던 짐작이 맞았다는 걸 확신할 수 있었다.

'한 판 붙어야겠구나.'

쓰게 웃는 제튼의 표정에서 대략적인 생각을 읽어낸 것일까?

[미안하네.]

에르낙의 메시지가 날아들었다. 그도 맘 같아서는 통신으로 상세한 설명을 하며 제튼에게 양해를 구하고자 했으나, 그와 제튼이 나눠가진 건 간단한 연락만 가능한 종류의 통신구였다.

[괜찮습니다.]

제튼이 짧게 고개를 끄덕이며 다시금 일곱의 후예들에게로 시선을 보냈다. 재차 시선이 얽혀드는 순간, 한 사내가 앞으로 나섰다.

"타르논 가문의 가주 타칼 타르논이라고 합니다."

짧은 소개와 함께 오른손을 명치에 대며 정중히 고개를 숙여 보이는 모습에서, 옛 기사들의 예법이 떠올랐다.

"브라만입니다."

제튼 역시도 제국 기사의 예법으로 정중히 인사를 받았다. 정자세에서 손은 발검세를 취한 뒤 고개를 숙이는 것이었는데, 검이 없는 관계로 그저 형태만 갖추고 있었다.

"…브라만?"

자세를 풀던 타칼의 눈에 의문이 깃드는 게 보였다.

"설마…."

고개를 갸웃거리던 타칼이 에르낙을 향해 시선을 던졌다. 그 순간 고개를 끄덕이는 에르낙의 모습에, 그 뿐만 아니라 다른 이들까지도 동시에 경악성을 토해냈다.

"대공!"

"전쟁영웅!"

"맙소사!"

이들 영웅의 후예들이 한 자리에 모인 건, 에르낙의 갑작스런 요청에 의해서였는데, 그들은 '이면세계'에 대한 이야기를 듣고, 거기에 더해 암흑시대에 대한 경고를 들었다.

암흑시대에 대한 이야기는 이미 대륙에서도 알게 모르게 떠들고 있는 부분이기에, 어느 정도는 수긍하는 내용이었다.

하지만 그렇다고 해서 그들의 힘을 모아, 이면의 세상을 만들자는 건 쉬이 납득하기가 어려웠다.

애초에 그들은 은거하다시피 살아가는 이들이 아니던 가. 거기다 더해 굳이 세력을 모은다는 것 자체에 대해 짙 은 회의를 느끼는 이들이기도 했다.

때문에 에르낙이 그와 같은 제안을 했다는 게 믿기지도 않았다.

암흑시대에 대한 이야기가 오가고 있다고는 하나, 확실 하지도 않은 정보로 이면 세계니 뭐니 하며, 너무 거창하 게 일을 벌이는 것을 납득하기가 어려웠고, 그들은 공통되 게 에르낙 혼자서 벌이는 일이 아니라는 걸 직감했다.

오랜 세월 알고 지내왔기에, 에르낙이라는 존재가 어떤 성품을 지니고 있는지 잘 아는 까닭이었다.

이에 대해서 파고들자, 결국 할 수 없다는 듯 제튼에 대 해서 이야기를 할 수밖에 없었다.

하지만 그 정체에 대해서는 정확히 알리지 않았다. 그 저, 상당한 실력자이라는 점과 믿을만한 사내라는 정도가 알려준 전부였다.

당연하게도 제튼을 직접 만나 담판을 지어야겠다며 목 소리를 높였고, 에르낙은 제튼의 정체를 밝혀야 할지 말아 야 할지 고민하던 끝에, 결국 연락을 하게 된 것이다.

때문에 브라만이라는 이름에 격렬하게 반응 할 수밖에

없었다.

'한 판 붙을 각오로 왔건만….'

'…그게 전쟁영웅이라고?'

이들 일곱의 후예들이 공통적으로 생각하는 부분이었다.

"그대가… 진정 브라만 대공이…요?"

당혹스런 감정이 한껏 묻어나는 타칼의 물음에 제튼이 고개를 끄덕이며 답했다.

"될 수 있으면 끝까지 제 정체는 숨기고 싶었지만, 아무래도 제 고집만 피우기에는 시기가 좋지 않군요."

그러며 슬쩍 기세를 드러내자, 타칼을 비롯한 다른 후예들의 표정이 일제히 굳어졌다.

은연중에 '그래도, 설마' 하는 마음이 있던 그들이었다. 때문에 일시지간 밀어닥친 거센 기류에 '진실'을 깨달을 수 있었다.

'진짜다!'

눈앞의 사내가 진정 이 시대의 최강자라 불리는 브라만 대공이라는 걸 마음으로 인정했다.

"전쟁 영웅을 뵙게 되어 영광입니다."

"대륙 제일의 검을 뵙게 되어 영광입니다."

타칼을 시작으로 후예들이 일제히 인사를 건네 왔다. 그리고 이어지는 긴 침묵을 통해, 여전히 그들이 당황하고 있다는 걸 알 수 있었다.

겨우겨우 가슴을 달랜 듯, 호흡을 잠시 고르던 타칼이 침묵을 깨며 질문을 던져왔다.

"에르낙 어르신께서 하신 말씀이 전부 진실입니까?"

암흑시대에 대한 이야기를 묻는 것이었다. 이에 제튼이 고개를 끄덕이며 대답했다.

"이미 성녀도 깨어났습니다."

"설마, 축복의 날입니까?"

제튼의 고개가 끄덕여졌다.

"으음…."

나직한 신음성과 함께 타칼의 눈가에 그늘이 졌다. 잠시 생각을 하는 듯싶던 그가 다른 후예들과 하나 둘 눈을 맞추는 게 보였다.

그리고 그들 일곱의 시선이 전부 얽혔을 때, 타칼이 한껏 기세를 피어내며 물었다.

"좋습니다. 믿어 보겠습니다."

상대가 전쟁영웅 브라만 대공이라는 점이 그들의 마음을 흔들었다. 때문에 이면세계에 대해서도 좀 더 긍정적으로 생각해 볼 마음이 들었다.

하지만 그 전에 해결해야 할 일이 있었다.

"아시다시피 저희는 영웅이라 불리던 분들의 후예입니다."

그에 호응하듯 다른 후예들 역시 기운을 피워내기 시작했다.

'한 판 붙을 것 같더라니. 쯧!'

제튼이 쓰게 웃으며 고개를 흔들었다. 예상했던 그대로의 그림이 그려지고 있었다.

◆

세상에는 알려지지 않았으나, 팔라얀 상단은 수많은 이종족의 혼혈들이 모여서 만든 단체였다.

그 수장으로 있는 로렌스 역시 이종족의 혼혈이었고, 여러 원로들이나 지부장들 역시, 혼혈들이 한 자리씩 꿰차고 있었다.

예로부터 드워프들이 만든 무구나 작품은 명검이나 걸작으로 꼽히는 경우가 많았고, 엘프들이 키우는 찻잎들은 대자연을 품어낼 정도로 깊은 풍미를 지니고 있으며, 수인족이 다루는 짐승들은 사람의 언어마저 이해할 정도로 특별하다고 알려져 있었다.

이러한 사실들을 알게 된 천마는 이종족들을 끌어들인다면 충분히 상계에 새로운 바람을 불어넣어, 대륙의 돈줄을 휘어잡을 수 있다고 여기며, 이들을 중심으로 상단을 만들고자 계획을 하게 되었다.

하지만 인간세상을 벗어나 지내는 이종족들을 만나기란 쉬운 일이 아니었다.

때문에 생각한 것이 바로 혼혈들이었다.

"이가 없으면 잇몸이랬지. 어쨌든 핏줄은 타고났을 테니까."

이런 주장과 함께 천마는 혼혈들을 모았고, 그들을 통해 팔라얀 상단의 주춧돌을 놓기 시작했다.

하지만 대개의 혼혈들이 그러하듯, 인간세상에서 이리저리 뒹굴며, 자신의 핏속에 담긴 재능을 개화시키는 이들이 드물었다.

때문에 천마는 그가 지니고 있는 지식을 통해 그들의 기초를 다졌고, 간단한 연공법을 통해서 그들이 자립할 기반역시도 만들어줬다.

이종족들의 특성상 자연에 기반을 둔 연공법이 어울렸기에, 오행과 관련된 심법들을 각각에 맞춰 전수한 것이다.

물론, 애초에 장인소리를 듣는 이들 역시도 이리저리 끌어 모았다.

이래저래 인재가 쌓이고, 새로이 실력자가 만들어지니, 그들 혈통의 능력이 한껏 개화했고, 자연스레 팔라얀 상단의 덩치 역시도 커질 수 있었다.

나름대로 자리를 잡았다고 여겨질 즈음, 숲과 산에서 무리를 이루고 사는 순혈의 이종족들과도 만남을 주선했다.

이미 천마는 대륙 곳곳을 돌아다니며 나름대로 이종족

에 대한 정보를 제법 모아놓은 상태였고, 그 정보에 초월적 감각을 더해 탐색한 덕분에 이종족들을 찾아내는 건 어렵지가 않았다.

때로는 숲에 또는 산에 어떤 이들은 땅 속에, 다양한 장소에 터전을 마련하고 지내는 이종족들과 만나고, 그들의 순수한 능력을 얻어냈다.

특별한 명장의 능력 혹은 남다른 미모 등등으로, 오랜 세월 인간들의 위협을 받아왔던 만큼, 이종족들은 인간들을 그리 좋아하지 않았다. 증오하는 이들도 있을 정도였다.

하지만 팔라얀 상단이 혼혈들끼리 일으킨 단체라는 부분이 그들 순혈들의 마음을 움직인 듯, 상단과의 거래에 응하기로 한 것이다.

게다가 이들 순혈과의 교류를 통해, 상단의 혼혈들은 정령술과 관계된 공부도 전수받을 수 있게 되었고, 이를 통해서 상단 전체의 능력도 한층 성장시킬 수 있었다.

상단의 주축이라 할 수 있는 혼혈들은 그렇게 쌓인 지식과 능력들을 독점하지 않았다. 재능이 있는 이들이라면 충분히 그 지식을 전수하며, 능력을 키워주었다.

물론, 그 재능만이 아닌 성정도 함께 보아서 거르고 거른 뒤에야 전수를 하고는 했다. 엘프의 진실을 보는 눈을 깨워낸 혼혈들을 통해서 옥석을 구분한 것이다.

그리고 이렇게 키워낸 이들 중, 그 재능이 특히 남다른 이들의 경우에는 순혈들과의 만남도 주선해 주고는 했다.

비록 팔라얀 상단이 많은 지식을 얻고 능력을 쌓았다고는 하나, 아직까지는 순혈들의 수준에는 닿지 못한 까닭에, 이 같은 2차적 교육을 두게 된 것이었다.

하지만 순혈과의 만남은 상단에서 어릴 적부터 인성교육까지 따로 하며, 직접 키워온 이들에 한해서만 이뤄져왔다.

말인 즉,

"외부인으로는 제가 최초라는 건가요?"

마누스는 안내자의 이야기를 들으며 그리 물었다. 이에 그를 안내하던 '버몬'이 가볍게 웃어 보이며 답했다.

"하핫! 마누스님이 외부인은 아니지요. 벌써 5년이 넘게 상단에서 일을 하셨는데, 이제는 한 가족이나 마찬가지 아니겠습니까. 뭐, 확실히 기존의 방침에서 벗어난 것이기는 합니다만, 그만큼 마누스님이 특별하다는 것이 아니겠습니까."

버몬의 이야기에 마누스는 자신의 정령을 떠올렸다.

황금빛 나비!

그 독특한 정령은 놀랍도록 거대한 힘을 지니고 있었는데, 오랜 세월에 걸쳐 그 힘을 온전히 받아들이려 노력했음에도 불구하고, 일부만 겨우 사용하고 있을 뿐이었다.

'그나마도 어르신께서 도와주신 덕분이지.'

한 때, 아루낙 마을이란 곳에서 만났던 엘프가 떠올랐다.

벨로아 카마르산!

중간계의 조율자이자 현 시대의 드래곤 로드로 불리는 존재였으나, 약간의 오해로 인해 엘프로 여기고 있는 상황이었다.

게다가 벨로아의 도움으로 황금나비의 힘을 일부나마 부릴 수 있다고 여기고 있었으나, 그 실상은 잠시나마 제튼이 황금나비와 강제계약을 맺고 품었던 일로 인해서였다.

단지, 이 같은 사실을 모르는 까닭에, 벨로아에게로 모든 공을 돌릴 뿐이었다.

애초에 팔라얀 상단이 그와 인연을 가지게 된 것도 제튼으로 인해서였으나, 이 역시도 알지 못하는 이야기였다.

황금나비의 능력을 알고 있는 제튼이기에, 로렌스의 방문 당시에 마누스의 존재를 슬쩍 언급한 것이다.

덕분에 마누스를 비롯하여, 과거 트라베스 공작의 밑에서 키워지던 정령부대의 상당수가 팔라얀 상단에 무난히 흡수될 수 있었다.

"슬슬 목적지가 보이네요."

문득, 들려온 버몬의 이야기에 마누스의 시선이 전방으로 향했다. 과연, 저 앞으로 그럴싸한 돌집이 한 채 세워져 있는 게 보였다. 그 옆으로 흐르는 계곡물과 절벽 등의 분위기로 인해, 절로 감탄이 나오는 풍경이 연출되고 있었다.

"저곳에서 기다리고 계실 겁니다."

버몬의 이야기에 마누스가 고개를 끄덕여보였다. 특별한 재능을 지닌 이들에 한해서, 순혈에게 교육받는 기회를 주었지만, 그렇다고 해서 그들의 터전으로 들어가는 건 아니었다.

따로 장소를 두어 그곳에서 만남을 주선해 주는 것으로써, 그들 종족에 따라서 약속 장소도 전부 달랐다.

그들이 다가오는 걸 느낀 듯, 집에서 누군가가 나오는 게 보였다.

'…엘프.'

이미 알고는 있었지만, 막상 그 존재를 마주하고 나자 새삼 긴장이 됐다.

"그럼, 저는 이만."

버몬이 짧게 인사를 하며 뒤로 빠졌다. 그는 안내인의 역할로써 온 것일 뿐이기에, 마누스가 상대를 확인하는 순간 자리에서 빠지는 것이었다.

마누스 역시 마주 인사를 한 뒤, 목적지를 향해 걸음을 옮겨갔다.

거리가 가까워지면서 상대에 대한 모습을 자세히 살필 수 있었는데, 돌집 앞에서 그를 기다리는 엘프는 얼핏 그 나이가 40대 중반은 되어 보이는 미중년의 사내였다.

'엘프들의 외모가 남다르다고 하더니.'

감탄이 절로 나오는 외모였다. 그렇게 잠시 상대를 관찰하는 사이, 어느새 마누스는 돌집 앞에 다다라 있었다.

"처음 뵙겠습니다. 마누스라고 합니다."

"반갑네. 갈색나무 일족의 아루아난이라고 하네."

짧은 인사말과 함께 아루아난이 한 차례 손을 흔들었다. 그러자 거짓말처럼 땅바닥이 일어나더니, 눈 깜빡할 사이에 흙으로 빚어진 의자 두 개가 완성되었다.

"앉게나."

그리 말하며 아루아난이 먼저 착석했고, 마누스도 뒤를 따라 자리에 앉았다.

"과연, 바이밤이 이야기 했던대로군."

한 차례 마누스를 관찰하는가 싶던 아루아난이 뜬금없는 이야기를 건네 왔다.

"왕의 기운이라…."

'……왕?'

이해할 수 없는 단어의 등장에 눈을 동그랗게 뜨고 있으니, 아루아난의 설명이 이어졌다.

"알려나 모르겠지만, 팔라얀 상단에는 우리 일족의 아이들이 간혹 방문을 한다네."

숲 속에서 구하기 어려운 물품들을 구하는 것 외에도, 팔라얀 상단의 교육생들 중에서 그들 순혈의 교육을 받을 만한 인재를 가려내기 위한 조사차원으로 직접 상단을 찾는 것이다.

"이번에 바이밤이 상단을 찾았다가 자네에 대해 이야기를 해 주더군. 그래서 내 확인을 하고 싶어, 이렇게 자리를 마련했다네."

"그게… 왕의 기운이라는 것과 관련이 있는 겁니까?"

아루아난이 고개를 끄덕이며 말했다.

"그렇다네. 하지만 그것 외에도 특별한 게 있는 것 같군."

연신 의아한 얼굴로 바라보는 마누스의 모습에, 아루아난이 슬쩍 웃으며 물었다.

"자네는 자네의 정령에 대해 얼마나 알고 있나?"

"…민망하게도 별로 아는 게 없습니다."

"부끄러워 할 것 없네. 정령들과의 친화력이 높다는 우리 일족도 모르는 것들이 넘쳐나지. 평생을 소통해도 전부를 안다는 건 무리일세."

거기까지 이야기하던 아루아난이 돌연 정령력을 한껏 풀어냈다.

후우우웅…

정령을 소환한 게 아닌, 그저 지닌바 기운을 뿌린 것만
으로도 주변 일대가 크게 흔들리고 있었다.

"어떤가?"

그러더니 대뜸 시선을 맞추며 물어온다.

"대단…하십니다."

마누스는 진정 존경의 의미로 그리 말하고 있었다. 이에
재차 미소를 지은 아루아난이 기운을 거두며 물었다.

"무섭거나 하진 않나?"

고개를 갸웃거리는 마누스의 모습에서, 두려움을 느끼
지는 않았다는 걸 알 수 있었다.

"내가 겉모습이 좀 젊어 보이기는 하지만, 인간으로 치
면 슬슬 흙으로 돌아가야 할 나이라네. 몇 해 전까지만 해
도 제법 주름이 자글자글 했지. 허헛!"

말인 즉, 70~80대는 되었다는 의미였다.

"하지만 아직 할 일이 남았는지, 늦게나마 자연의 허락
을 받아, 최상급 정령의 사랑을 받게 되었네."

덕분에 외모 역시도 지금처럼 젊어진 것이다.

"그 이후로는 굳이 정령을 내보이지 않고, 그저 내 기운
을 비치는 것만으로도 주변을 압도하는 능력이 생겼다네.
하지만 자네는 거기에 휩쓸리지 않더군."

확실히 조금 전 그 거센 기운에 감탄은 했을지언정, 두
려워하지는 않았다.

"그 이유가 뭘 것 같나?"

잠시 생각을 하던 마누스가 이내 생각나는 게 있는 듯, 조심스레 입을 열었다.

"혹여, 제 정령과 관계가 있습니까?"

아루아난이 고개를 끄덕이며 말했다.

"처음에 내가 자네를 보며 왕의 기운이라고 했었지. 그건 자네가 지닌 정령이 내비치던 기운이라네."

"설마…."

떠오르는 단어가 있었다.

'정령…왕?'

목이 타는지 침을 꼴깍 삼키는 마누스의 모습에 아루아난이 웃으며 말을 이었다.

"그 힘을 온전히 사용하지 못하는 것 같지만, 그래도 왕의 기운이라네. 내가 지닌 정령보다 높은 위치에 있지."

때문에 아루아난의 기세에 압도당하지 않을 수 있는 것이기도 했다.

"듣자하니, 요즘 대륙이 제법 어지럽던 것 같더군."

암흑시대와 관련된 이야기를 하는 듯싶었다. 아마도 상단을 통해 정보를 얻었으리라고 여겨졌다.

"게다가 세상의 묵은 때를 씻겨낼 정도로 거대한 축복도 내리더군."

이번에는 축복의 날을 언급하는 것 같았다.

"그런 시기에 자네 같은 존재가 우리 일족의 눈에 띄었다는 걸, 나는 우연이라고 여기지 않는다네."

그러며 손을 뻗어온다.

"자네가 온전히 제 능력을 일깨우도록 한동안 가르쳐볼까 하는데. 어떻게, 허락해 주겠나?"

마누스는 너무도 갑작스런 제안에 어안이 벙벙하여 입만 뻐끔거리고 있었는데, 이에 아루아난이 뻗은 손을 흔들며 말했다.

"손이 민망하구만. 허헛!"

그제야 화들짝 정신을 차린 마누스가 혹여 놓칠세라 바삐 그 손을 잡았다.

황송하다는 듯 양 손으로 움켜쥐는 모습에 아루아난이 크게 웃음을 터트리며 마누스를 바라봤다.

'왕의 기운이라…'

정령왕은 아니었다. 정령왕이었다면 애초에 정상적인 대화가 불가능했다. 그들은 '격'이 달라도 너무 다른 존재인 까닭이었다.

하지만 왕의 기운을 품고 있는 건 분명했다. 그렇다면 떠오르는 건 하나 뿐이었다.

'가드!'

정령왕의 곁을 지키며 차후에 왕이 될 자격을 지닌 존재로써, 그들 역시도 남다른 '격'이 있는 정령이었다.

'왕의 호위가 중간계에, 그것도 사람의 몸에 봉인되어
있을 줄이야.'

새삼, 이 만남이 우연이 아닌 운명이라는 느낌을 받았다.

"자… 잘 부탁드립니다."

긴장감이 그대로 새어나오는 듯, 부들부들 떨리는 마누
스의 음성에 재차 웃음을 터져 나왔다.

어느 이름 모를 숲 속,

인간과 엘프 그리고 정령.

뜻 깊은 만남이 이뤄지고 있었다.

❖

본능적으로 어둠이 싫었다.

때문에 '놈'들도 싫었다.

인간!

수시로 어둠을 끌어들이며, 욕망에 빠져서는 탐욕의 눈
길을 번들거리며 세상을 망치려 드는 놈들이 싫었다.

싫었다. 아니, 미웠다!

그 모든 부정한 것들을 정화하기 위하여, 어둠에 뛰어들
었다.

어둠 바깥에서는 어둠을 걷어낼 수 없음을 알기에, 스스

로 어둠에 물들기를 주저하지 않았다.

그렇게 타락했다!

"후우우우우…."

입김을 순식간에 날려 보낼 정도로 매서운 겨울바람이
었으나, 그 시린 공기를 맡고 있다는 것만으로도 절로 기
분이 흥거워졌다.

오랜 세월을 건너뛰어 길고 긴 잠에서 깨어났다는 사실
에, 그럼으로 인해서 다시금 세상을 마주하고 있다는 현실
에 기쁨이 이는 것이다.

중간중간 그의 힘을 빌려, 그를 흉내 내던 이들도 있었
으나, 온전하게 깨어난 건 이번이 처음이었다. 입가의 미
소는 더없이 '진실' 되었다.

"후우…."

하지만 그 기쁨도 잠시, 한숨이 절로 나오는 풍경이 주
변 곳곳에 널려 있었다.

"인간은 여전하군."

대지에 이름을 새기고, 영토라는 목적아래, 서로 자기네
땅이라며 함부로 세상을 재단하고 또 멋대로 정의하려 한다.

그 불길한 발걸음은 또 다시 대지를 피로하게 만들었고,
넘쳐나던 맑음과 영롱한 푸름을 거친 잿빛으로 물들이고
수십 수백 겹 덧칠하며, 한 없이 탁하게 만들어 놨다.

오래 전, 타락하여 어둠에 물들며 깨어났던 정화의 불길을 다시 일으켜야 한다는 걸 깨달았다.

버서커!

저들, 인간종들에게 불길하다 여겨지는 이름이었기에, 더욱 그에게는 흥겹게 다가오는 단어였다.

마를 멸하고 인간종과 그 피를 분쇄하는 불길을 다시 토해낼 것이다.

"맘 같아서는 당장 시작하고 싶지만."

아직은 때가 아님을 알았다. 자신의 육신을 내려다봤다.

"제법 잘 단련되어 있기는 하지만."

본신의 능력에는 못 미쳤다. 신체를 하나하나 살피던 시선이 옆으로 돌아갔다. 활과 화살이 보였다.

육신의 주인이 사용하던 주 무기라고 들었다.

"궁귀라고까지 불렸다고 했었지."

그 때문인지 낯설지 않게 느껴졌다.

"활이라…."

한 때, 지고한 존재로 있던 당시에, 간혹 즐겼던 기억이 났다. 하지만 어둠에 빠져들고 정화의 불길에 몸을 내맡긴 뒤로는 전혀 사용해 본 적이 없는 무기이기도 했다.

퉁퉁…

가볍게 활시위를 퉁겨봤다. 나쁘지 않은 느낌이었다.

"적당한 유희거리는 되겠군."

살짝 고개를 끄덕이던 시선이 하늘로 향했다. 시리도록 푸른 겨울 하늘이 시야 가득 담겼다.

하지만 그의 시선은 푸름 너머로 언뜻 비쳐드는 어둠에 닿아 있었다.

"암흑시대라, 그렇단 말이지…."

이용할 수 있는 건 최대한 이용해 줄 생각이었다.

❖

두쿵…두쿵…두쿵……

힘차게 펄떡거리는 울림이 마치 심장의 외침처럼 여겨 졌다. 하지만 심장과는 전혀 무관한 울림이라는 걸 알고 있었다.

"드디어 깨어나는 모양입니다."

왠지 긴장감 어린 금각의 음성에 대성이 고개를 끄덕이 며 전방을 바라봤다.

전사의 상징이라고 할 정도로 단단한 육신이 눈앞에 있 었다.

운트!

에지텍에게 듣기로는 그레이브라는 조직의 수장이었다 고 하는데, 그 안에 담긴 기운들이 심장의 약동을 대신하 며, 매혹적인 향을 피워내고 있었다.

그리고 이 기운에 이끌리듯 불길한 존재가 깨어나고 있었다.

돌연, 운트의 육신 위로 검은빛 기류가 일렁이는가 싶더니, 순식간에 부풀어 휘몰아치며 주변을 잠식해 들어가는 게 보였다.

두쿵…두쿵…

이 기묘한 울림에 맞춰서 점차 기류의 범위가 넓어지더니, 어느새 운트를 잠식해 들어갔다.

"온다."

대성의 한마디에 금각와 은각이 양 손을 넓게 뻗었다. 그 순간 운트의 주변을 둥글게 감싸는 반투명의 막이 생겨나더니, 검은 기류의 확장을 막아 세웠다.

ㄷㄷㄷㄷㄷㄷㄷㄷ…

반투명의 막과 검은 기류가 부딪치며, 거센 반동이 금각과 은각을 두드렸다.

울컥!

두 마족의 입에서 동시에 핏물이 튀어나왔다. 그만큼 반발력이 강력했다는 의미였다.

하지만 대성은 어떠한 도움도 주지 않았다. 그에게도 그 나름대로의 역할이 존재하는 까닭이었다.

그저 조용히 침묵을 지키며 지금 이 상황을 지켜볼 뿐이었다.

얼마나 시간이 흘렀을까? 검은 기류가 점차적으로 옅어지는 듯싶더니, 점차적으로 운트의 모습이 드러나기 시작했다.

어느새 일어난 것인지, 그가 자리에 앉아서 손을 살랑살랑 흔들고 있는 게 보였다.

저 아찔한 죽음의 기운에 대성의 입이 열렸다.

"비헤름."

성공이었다.

마계 마왕이며 동시에 최악의 마법사로 유명한 사령술사를 소환시킨 것이다.

정확히는 '강림'이라는 표현이 맞았다. 운트의 육신을 매개체로 삼아서 그 안에 비헤름을 깨운 것이기 때문이었다.

우우우웅…

비헤름과 시선이 맞닿는 순간, 대성이 기운을 일으켰다. 어느새 반투명의 막은 깨어진 상태였고, 금각과 은각은 탈진이라도 한 것 마냥 너부러져 있었다.

"이야. 이렇게 만나는 건 처음이지."

웃으며 말을 건네 오는 운트의 모습에 대성의 눈 꼬리가 올라갔다.

"장난질하면 가만 안 둔다고 했을 텐데."

이미, 그 둘은 한 차례 대화를 나눈 적이 있었다. 물론 지금과 같은 만남이 아닌, 데스 나이트를 통해 이뤄진 간단한 통신이었기에, 실질적인 만남은 지금이 처음이라 할 수 있었다.

"장난이라니. 무슨 소리야?"

전혀 모르겠다는 얼굴로 반문해오는 비헤름의 모습에 대성의 안색이 살짝 붉어졌다. 분노하고 있는 것으로써, 초반 기선제압이 필요하다는 걸 느낀 것이다.

한 순간에 그 기세가 돌변하자 비헤름이 손을 휘휘 저으며 말했다.

"이거 왜 이러시나. 이제 겨우 강림해서 상태가 엉망인데, 이런 몸을 상대로 힘자랑이라도 할 생각은 아니겠지?"

말인 즉, 상태 좀 회복한 뒤에 붙자는 소리였다. 대성의 시선이 금각과 은각에게로 향했다.

비헤름의 강림 당시에 발생했던 힘의 파장으로 인해, 두 마족의 내부는 넝마가 된 상태였다.

무려 마왕의 강림으로 인한 여파라고 생각할 수도 있으나, 운트 정도 되는 훌륭한 매개체를 두고서도 그런 파장을 흩뿌렸다는 건, 비헤름의 장난질에 의한 결과라고 봐도 무관했다.

게다가 이 주변에 깔려있는 마법진도 어마어마하지 않던가. 깔끔한 강림을 할 수 있었건만, 이 같은 결과가 나와 버렸다.

이는 비헤름의 장난질이며, 동시에 일종의 '시험'일 터였다. 강림 당시에 발생하는 힘의 파동으로 그들 세 마족의 능력을 유추하려 한 것이리라.

아직은 세상에 '마왕' 강림을 숨겨야 하는 만큼, 최대한 파장을 적게 해야 하는 상황이기에, 지난 통신에서 나름의 경고를 했었다. 때문에 지금 이 태도를 그냥 넘어가서는 안 된다는 결론을 내렸다.

"주군께서 말씀하신 게 있지."

문득, 대성이 기세를 안으로 갈무리하는 게 보였다. 하지만 비헤름의 표정은 오히려 딱딱하게 굳어지고 있었다. 넘실대던 분노를 극도로 정제하는 것을 느낀 까닭이었다.

"밟을 수 있을 때 밟아놔야 한다. 얼굴만 봐도 똥오줌을 못 가리게 해 줘라!"

그리고 때 아닌 전투가 시작되었다.

◆

가르치는 재미가 있다는 걸 새삼 깨닫는다고 해야 할까?

'벌써, 벽이라니. 큭!'

천마는 한참 명상에 빠져있는 카이든을 바라보며 입 꼬리를 한껏 말아 올렸다. 괜스레 기분이 좋아진 까닭이었다.

그도 그렇게 어느새 카이든이 초월적 존재가 되기 위한 관문에 서 있는 것이 아닌가. 가르치는 입장에서 기쁘지 않을 수가 없었다.

과거, 제튼을 가르치던 당시에도 느끼지 못했던 감정이라는 게 더욱 신기했다.

아쉬운 게 있다면, 지난바 모든 걸 전해주지 못했다는 점이었다. 그가 카이든을 가르치는 걸 탐탁찮게 생각하는 제튼으로 인해, 다방면에 걸친 전수가 어려워졌다.

마법과 정령술처럼 이곳 세상에서 배울 수 있는 것 말고, 무림에서만 익힐 수 있는 다양한 술법과 진법 등의 학문을 전하지 못한 게 특히 아쉬웠다.

'뭐… 상관없겠지.'

천마신공 하나만으로도 이 모든 걸 초월하고도 남을 것이기에, 굳이 미련을 둘 필요는 없었다.

기왕이면 다방면에 걸친 공부를 통해, 다양한 시각을 지니는 것이 좋겠으나, 굳이 그게 아니더라도 천마신공은 다각도로 생각의 방향을 잡아줄 터였다.

'이 정도면 앞으로도 문제는 없겠지.'

다가올 암흑시대에서 최소한 제 한 몸 지켜낼 수준은 될 거라고 여겼다.

물론, 벽을 넘는다는 전제 하의 이야기였다.

'그나저나… 잘 되고 있으려나.'

그의 시선이 카이든에게서 떠나 저 멀리 서쪽 하늘로 향했다. 금각과 은각 그리고 대성이 현재 진행하고 있는 일을 떠올린 까닭이었다.

'슬슬, 부르고 있을 텐데.'

금각의 계획 아래, 자연 발생했던 데스 나이트를 제물로 삼아 마계의 왕과 통신을 연결했었다.

황제에게 제대로 박살나며, 그 존재감이 흐려지고 죽음의 기운들이 자연으로 다시금 흩어지고 있었으나, 금각의 능력이라면 그 소멸기간을 늘리는 것이 가능했다.

아쉽게도 다시 부활시키는 건 어려웠다. 애초에 언데드가 모이며 발생한 어둠의 기운 덕분에 자연 발생한 죽음의 기사였다.

전쟁에 패배하며 언데드의 수가 극심하게 줄었으니, 당연하게도 데스 나이트 역시 소멸 될 수밖에 없었다.

다시 부활시키려면 그만큼의 언데드를 다시 일으켜야 했는데, 흑마법사들도 지칠 대로 지쳐버린 상황인 까닭에, 완전한 부활은 쉽지가 않았다.

때문에 잠시 그 소멸 시간만 늘린 상태에서, 마계의 왕과 접촉을 시도한 것이다.

그렇게 죽음의 기사를 통해서 닿은 것이 죽음의 왕이라는 사령술사 비헤름이었다. 이미 소멸해가는 데스 나이트로 인해서, 길게 통신을 하지는 못했으나, 충분히 필요한 대화를 나누었고, 운트라고 하는 유혹적인 매개체를 내보이는 것도 성공했다.

만약, 유혹이 제대로 먹혔다면, 이번 강림의 의식에 응할 터였다.

'허락하겠지.'

그가 아는 한, 마법사라는 족속은 호기심을 참지 못한다. 그리고 사령술사 비헤름은 그 같은 마법사들의 정점에 있는 존재였다.

비록 그 뿌리가 흑마법에 있다고는 하나, 어찌 되었건 마법적 호기심을 지닌 존재라는 건 부정할 수 없었다.

"크크큭!"

문득, 입술을 비집고 실소가 새나왔다. 현 상황이 너무도 흥미로운 까닭이었다.

사령술사 비헤름의 소환.

아직까지는 그 성공여부를 알지 못했으나, 절반 이상 확신을 지니고 있었다. 혹여 실패하더라도 상관없었다. 또 다른 존재와의 접촉도 염두에 두고 있는 까닭이었다.

운트의 육신이 그 정도로 훌륭한 매개체였기 때문이었다. 이곳저곳 찔러보다면 하나 정도는 걸릴 게 분명했다.

그리고 이를 통해서 마계에 하나 둘 소문이 퍼져나가게 될 터였다.

우마왕의 중간계 진출!

아마도 이 덕분에 우마왕의 원정 준비에도 많은 차질이 생길 것이고, 완벽하지 못한 원정군을 꾸릴 확률이 높았다.

'소대가리 놈이 어떤 표정을 지으려나.'

그가 만들어낸 두 개의 변수에 우마왕이 어찌 반응할지, 상상만으로도 웃음을 참기가 어려웠다.

"큭큭큭큭…."

게다가 언데드를 이용해 그럴싸한 분위기를 잡은 덕분일까?

암흑시대!

이 거창한 명분아래 대륙에서도 조금씩 움직임을 보이기 시작했고, 거기에 더해 그가 생각하는 최고의 변수라 할 수 있는 '제튼' 역시도 개인적으로 발품을 팔고 있는 분위기였다.

의도한 것부터 의도치 않은 것들까지, 다양한 변수들이 중간계 가득 넘실대는 상황인 것이다.

"한 판 제대로 놀 수 있겠어. 크큭!"

다가올 암흑시대를 생각하고 있으니, 왠지 몸이 간질거렸다.

#6. 징조

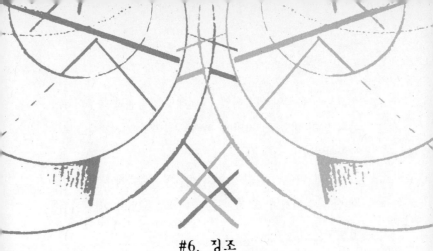

#6. 징조

연합왕국들 사이의 다툼은 갑작스런 언데드의 출현으로
인해 잠시간 중단된 상태였다.

거기에는 상황을 관망하다 여차하면 제국을 향한 야욕
을 다시금 드러내려는 계산도 담겨 있었다.

이내 황제에 의해 죽음의 군대가 패퇴하고, 짙게 깔렸던
어둠이 흩어지기 시작했다. 쉽지 않은 전투라는 건 대륙
모든 사람들이 알 수 있었다.

그럼에도 불구하고 여전히 건재한 황제와 제국군의 모
습으로 인해서, 그들 연합왕국은 다시금 내분의 불씨로 욕
망의 찌꺼기를 불태울 준비를 시작했다.

하지만 불길이 타오르는 일은 없었다.

성국!

그들이 움직인 까닭이었다. 언데드의 출현과 더불어 축복의 날이 밝았고, 거기에 더해 성국마저 기지개를 키는 상황이었다.

부정한 어둠의 불길이 피어나는 암흑시대에 대한 우려가 한층 짙어지며, 그에 대한 방비책을 세워야 한다는 걸 깨달은 것이다.

사실, 이미 알고 있었음에도 외면하는 느낌이 강했다. 제국과의 전쟁에서 원하던 목표를 이루지 못한 까닭에, 그 욕망을 쏟아낼 장소가 필요했기 때문이었다.

하지만 성국의 본격적인 움직임이 그들로 하여금 경계심을 키우며, 탐욕스런 행동에 제약을 걸어왔다.

언데드의 출현과 함께 성기사단이 움직이던 무렵에도 이 같은 경계심이 들기는 했다. 하지만 성기사단의 활동은 길게 이어지지 않았고, 덕분에 연합왕국의 경계심도 빠르게 흐려진 것이다.

초창기 언데드에게 패배한 이후, 재차 성기사단을 출진시킨 것이 아니라, 대뜸 물러나 방관했다는 부분에서, 다른 왕국의 경계심을 흩트리기에 충분한 상황이었다.

하지만 언데드가 사라진 지금에 와서 또 다시 성국이 움직인다는 건, 연합왕국으로 하여금 많은 생각을 하게 만들었다.

앞서보다 더욱 심각한 분위기가 형성된 것이다.

"그런 이유로, 결국 전쟁은 잠시 보류라 이거지."

제튼의 짤막한 설명에 크라이온이 고개를 끄덕이며 물었다.

"알겠수. 알겠으니까. 마티나 양은 어딨는 거요?"

"끄응…."

앓는 소리가 절로 나온다고 할까? 열심히 화젯거리를 내던지며 신경을 다른 방향으로 돌리려고 하건만, 매번 결론은 마티나로 끝나는 것이다.

'…환장하겠네.'

어쩌다보니 중간에 끼어버린 입장이 되어버리며, 본의 아니게 중재자의 역할을 맡아버렸다. 하지만 순탄치 않은 그들의 애정전선으로 인해, 이제는 두통마저 생길 지경이었다.

"아니. 넌, 마티나양이 싫다고 몸서리까지 치는데, 그렇게 쫓아다니고 싶냐? 자존심도 없냐?"

결국 참다못해 폭발하듯 묻는 제튼의 외침에 크라이온이 어깨를 으쓱거렸다.

"자존심이 밥 먹여주는 것도 아니고. 흐흐! 어렵게 찾은 이상형인데, 놓칠 수야 없지 않겠소."

그리 답하는 크라이온의 머릿속으로 첫 번째 이상형의 모습이 스쳐갔다.

검작공 오르카!

하필이면 대공의 연인이었다. 지금이야 제튼과 편하게 형님 동생 하고 지낸다지만, 과거에는 감히 대공과 눈도 마주칠 수 없던 시기가 있었다. 공포심에 찌들어 몸서리를 치던 그 시절 그 무렵을 생각해 본다면, 감히 넘볼 생각도 못 했던 여인이었다.

때문에 오히려 그 애정의 감정을 애증으로 만들고, 오르카라는 검사에게 경쟁의식을 불태우며, 심리적 거리감을 의도적으로 조성했다.

이런 옛 기억 때문일까? 더더욱 이번 기회를 놓치고 싶지 않았다.

"그러니까 마티나양이 어디에 있는지 좀 가르쳐 달라고요."

쉴 새 없이 계속되는 크라이온의 재촉에 제튼이 앓는 소리를 내며 양 팔을 들어올렸다. 일종의 항복 표시였다. 그 순간 크라이온의 눈이 빛을 발했다.

활짝 들어 올린 제튼의 양 손이 미묘하게 한 방향을 가리키고 있음을 안 것이다. 마티나가 있는 방향이리라.

"끄응! 제발 이제 나 좀 그만 괴롭혀라."

연이어 이어지는 제튼의 앓는 소리에 크라이온이 작게 실소를 흘리며 답했다.

"흐흐! 형님이 괴롭힌다고 당할 사람이요."

'지금 당하고 있는 건 뭔데!'

그냥 속으로만 삼키는 외침이었다. 최근 들어 머리가 상당히 굵어진 것인지, 거머리마냥 달라붙는 크라이온의 행태에 질려있었기에, 그냥 조용히 안으로 삼키며 홀로 열불을 달래는 것이다.

맘 같아서는 신명나게 두들겨주고도 싶었으나, 최근에는 이마저도 약발이 다 해버렸다.

〈수련? 좋지!〉

이렇게 외치며 신나게 몸을 갖다 바치는데, 슬슬 이놈이 새로운 장르에 눈을 뜬 건 아닌가 하는 불안감마저 들 정도였다.

특히, 구타 중에 실성한 듯 새나오는 웃음소리는 왠지 모를 오싹함마저 풍기고 있었다.

재차 고개를 저어보인 제튼이 문득 생각났다는 듯 물었다.

"그런데 모네는 어디 갔냐?"

질문과 동시에 크라이온의 표정이 구겨졌다.

"소학원에 갔다고 저번에 말씀 드렸잖수."

그제야 생각났다는 듯 제튼이 고개를 끄덕였다. 내심 아쉽다는 생각도 들었다. 모네가 있었다면 크라이온이 그를 이렇게 괴롭힐 시간이 줄어들었을 거란 생각에서였다.

그런데 어쩨 크라이온의 표정이 과할 정도로 구겨져있는 게 눈에 걸렸다.

"무슨 문제라도 있냐?"

이에 크라이온이 입술을 비죽 내밀며 넋두리를 늘어놓는데, 그 내용이 참으로 가관이었다.

"어릴 때는 삼촌하고 결혼할거고 하더니. 크흑! 그것이…."

소학원에서 남자친구를 만들었단다.

"에프리! 에프리!"

남자친구라는 소년의 이름을 연신 입에 담으며 분노를 씹어 삼키는 그의 모습에 헛웃음만 나왔다.

무려 용병왕이라 불리는 대륙의 별이 10살 남짓의 꼬맹이에게 질투를 하는 꼴이라니. 우습지도 않았다. 한숨을 푸욱 내쉰 제튼이 손을 휘휘 저으며 말했다.

"이제 그만 좀 가라. 가! 오늘 가족끼리 오붓하게 소풍가는 날이니까. 귀찮게 하지 말고 좀 꺼지라고!"

격한 제튼의 반응에 크라이온이 고개를 갸웃거리며 하늘로 시선을 올려 보냈다.

"소풍 갈 날씨는 아닌 것 같은데요."

확실히 화창하다고 할 만한 날씨는 아니었다. 이에 제튼이 쓰게 웃으며 답했다.

"내일이 애들 아카데미로 출발하는 날이다."

어쩌다보니 오늘 밖에는 시간이 없었다.

◈

그것은 찰나였으나, 실로 영원과도 같았다.

-반갑다. 내 사랑하는 아이야!

너무도 아득하지만 이상하게도 낯설지 않은 그 음성으로 인해, 영원의 바다에 표류하지 않은 채, 온전히 세상으로 돌아올 수 있었다.

눈을 뜨고 세상을 마주했을 때, 모든 걸 깨달았다.

자신의 위치가 어디 있는지, 무엇을 해야 하는지, 어디로 가야 하는지.

알게 되었다.

메리는 지난 축복의 날을 떠올리며 저도 모르게 눈시울을 붉혔다. 당시 그녀가 눈을 떴을 때, 시선의 끝자락에 걸렸던 미소가 그려진 까닭이었다.

방랑사제 마르한 케메넨스!

혹은 성자라고도 불리는 그가 하얗게 웃으며 그녀를 보고 있었다.

온기 가득한 얼굴이었으나, 그 육신에는 한 줌의 온기도 남아있지 않았다. 때문에 얼마나 울었던가.

아직도 그 당시의 감정이 남아, 이처럼 가슴을 아프게 두드리고는 했다.

더욱 그녀를 슬프게 하는 건, 그의 죽음을 감춰야 하기에, 정식으로 장례도 치러주지 못했다는 사실이었다.

당시, 그 자리에 있던 이들끼리만 조촐하게 약식으로 인사를 나누고, 그렇게 그를 땅에 묻고 가슴에 묻었다.

맘 같아서는 정식으로 장례를 치르고 싶었으나, 마르한이 원했던 상황이고 계획이라는 소리에 한 발 물러나야만 했다.

"후우…."

당시의 생각에 가슴이 답답했던 것일까? 한숨을 푸욱 내쉬는 그녀의 모습에 케빈이 걱정스런 얼굴로 다가오는 게 보였다.

별 것 아니라는 듯, 오라비를 향해 웃어 보이며 그 어깨 너머로 시선을 보냈다.

소풍 준비가 한창인 주방이 보였다. 한 손 거들려 했으나, 생각 외로 손재주가 없는 탓에, 주방 출입 금지 딱지가 붙은 상태였다.

'벌써 내일이구나.'

아카데미로 돌아가야 할 시간이 다가오고 있었다.

사실, 카이스테론의 교칙대로라면 1학년생은 방학이라 해도 수도권을 벗어나기가 어려웠다. 하지만 뛰어난 성적을 지닌 학생에 한해서는 두 번째 방학부터 수도를 벗어나는 게 가능했다.

하지만 안타깝게도 케빈과 메리는 거기에 포함되는 성적은 아니었다.

적당히 드러내고자 일정부분 실력을 감췄기 때문이다.

물론, 그럼에도 불구하고 뛰어난 외모로 인해서, 아카데미에서 그들 남매를 모르는 이들이 없는 상황이기는 했지만, 어쨌든 성적 부분에 있어서만큼은 그들이 의도했던 적당한 수준을 유지하고 있었다.

때문에 방학을 제대로 활용하기가 어려운 상황이었다.

하지만 정식으로 시험을 보고 우수한 성적을 낸 덕분에, 별 문제 없이 수도를 벗어나는 게 가능했다.

아무런 연락 없이 내려왔던 탓에, 가족들은 더욱 반갑게 남매를 맞아줬다. 하지만 수도에서 이곳까지 오는 동안 시간을 너무 잡아먹을 까닭일까?

얼마 쉬지도 못한 것 같건만, 벌써 돌아가야 할 날이 다가온 것이다.

"그런데… 꼭 내일 돌아가야겠어?"

문득 들려온 케빈의 물음에 메리가 오라비에게로 시선을 되돌렸다.

"좀 더 쉬었다 가는 게 어떨까 싶은데."

사실, 케빈의 이야기처럼 당장 돌아가야 할 정도로 급박한 건 아니었다. 적어도 한 주 정도는 더 쉬어도 될 만한 여유가 있었다.

그럼에도 불구하고 굳이 내일 돌아가려 하는 것이다. 거기에는 특별한 이유가 있었고, 케빈 역시 그 사정을 어느 정도는 알기에, 이처럼 그녀의 의견을 돌리고자 이야기를 하는 것이었다.

"미안."

쓰게 웃으며 내뱉는 여동생의 한마디에 결국 케빈도 더 이상의 의견은 내비치지 못했다.

'성녀라니….'

여동생을 바라보는 케빈의 눈가에 옅은 그늘이 내렸다. 동생에게 직접 들은 건 아니었으나, 고향에 돌아온 날 부친을 통해 제법 들어놓은 게 있었다.

케빈이 얼마나 메리를 아끼는지 알기에, 그에게 선택의 기회를 주고자 모든 사실을 전해 준 것이다.

이미 이야기를 듣는 순간 선택을 했으니 문제 될 건 없었다. 하지만 그럼에도 불구하고 여전히 동생을 걱정하는 마음에, 이처럼 조심스레 그의 의견을 내밀고는 했다.

메리는 오라비의 이 같은 태도를 통해서, '진실'을 알게 되었다는 걸 눈치 챌 수 있었다.

아마도 부친을 통해서 전해졌을 거라고 여겼다.

'결국…'

운명은 피해갈 수 없는 것일까?

축복의 날, 이미 모든 사실을 알았다. 때문에 오라비의 역할 역시도 잘 알고 있었다.

그 부담스런 자리를 맡기기 싫어, 굳이 진실을 알리지 않았건만, 결국 알려져 버린 것이다. 내심으로는 부친이 야속하게도 느껴졌으나, 이내 고개를 휘휘 흔들며 감정을 털어냈다.

부친이 아니더라도 결국 알려지게 되었을 것이고, 케빈은 분명 선택을 했을 거라는 걸 아는 까닭이었다.

한숨이 나오려 했으나, 오라비의 시선을 깨닫고는 애써 삼켜내야만 했다.

"준비 끝~!"

문득 들려오는 외침에 남매의 시선이 돌아갔다. 제니가 활짝 웃으며 주방에서 나오는 게 보였다.

딸아이의 외침을 들은 것인지, 제튼이 막내 헤린이를 품에 안은 채 2층에서 내려오고 있었다.

실로, 오랜만에 이뤄지는 가족나들이었다.

하지만 가는 날이 장날이라고 하던가.

쿠르르릉…

저 하늘 높이 먹구름이 끼어있는 게 보였다. 요 근래 겨울바람 사이로 봄기운이 비치는가 싶더니, 조심스레 공기 중으로 물기가 녹아들고 있었다.

"히잉…."

갑작스런 천둥소리에 놀란 것일까? 헤린이가 셀린의 품 안에서 울상을 지었다.

비단, 막내뿐만 아니라 다른 아이들 역시도 표정이 좋지 못했다. 셀린이 제튼을 돌아보며 물었다.

"그냥… 식당으로 갈까요?"

소학원 옆에 마련된 회관으로 가자는 소리가 목구멍까지 차올랐으나, 그래도 가족나들이기에 차마 마을회관을 이용하자는 소리는 나오지 않았다.

이에 제튼이 가벼운 웃음과 함께 고개를 저었다. 그러며 하늘을 향해 손을 뻗는다.

화아아악…

동시에 먹구름에 가렸던 창공이 모습을 드러내며, 길게 햇살을 떨어져 내리는 게 보였다.

"오랜만에 하는 나들이잖아."

특히, 이번 나들이는 최대한 즐기고 싶었다.

눈을 동그랗게 뜬 채 경악하고 있는 가족들의 모습에, 제튼이 웃으며 말했다.

"가자."

소풍을 즐길 시간이었다.

호풍환우(呼風喚雨)!

바람과 비를 불러온다.

이산도수(移山渡水)!

산을 옮기고 물을 건넌다.

말 그대로 초월적인, 초자연적인 이능을 뜻하는 무림세상의 용어였다.

비록 그곳 세상의 법술이나 도술 또는 요술과 같은 술법을 익히지는 않았으나, 그의 내부에 잠재되어 있는 능력이라면 이 같은 이적을 부리는 게 얼마든지 가능했다.

솔직한 이야기로, 천마와 맘먹고 한 판 붙을 때면 산 한두 개 정도는 그대로 갈아버릴 정도였다.

또한 그들의 격돌로 인한 충격파는 대기를 어그러트리고 구름을 밀어내 흔들며, 하늘과 땅의 기운을 크게 뒤집어 놓기도 했었다.

그 같은 이적의 능력을 전투가 아닌 그저 일상에 드러낸 것뿐이었다.

이번만큼은 요 근래 봉인해놨던 천마신공을 한껏 풀어냈다.

커허어엉!

보이지 않는 그리고 들리지 않는, 천마신공의 사나운 외침이 대기를 밀어내며 하늘 가득 깔렸던 먹구름을 길게 찢어냈다.

그 길 아래로 쭈욱 내려쬐는 햇빛을 받으며 그렇게 길을 나섰다.

"그래도 명색이 나들이고 소풍인데 꽃이 없으면 안 되겠지?"

제튼은 그 말과 함께 재차 손을 뻗었다.

그 순간, 시리도록 차가운 겨울삭풍에 꽁꽁 얼어있던 대지위로 한 줌의 온기가 피어나기 시작했다.

그러더니 이내 거짓말처럼 땅바닥을 뚫고 오르는 새싹들의 모습이 보였다.

"……!"

그저 입만 쩍 벌린 채, 이 말도 안 되는, 마치 기적과도 같은 상황을 바라보는 가족을 향해 제튼이 말했다.

한 겨울 들판에 봄이 피어났다.

"제법 분위기가 나지."

어느새 그들 주변은 꽃이 만발해 살랑거렸고, 그 안에는 아직 오지도 않은 훈훈한 봄기운이 가득 넘쳐나고 있었다.

"이게…."

"…허!"

말도 제대로 안 나오는 듯, 연신 탄성 섞인 헛웃음만 내뱉는 가족들의 모습에 제튼이 어깨를 으쓱거렸다.

선천지기(先天之氣)!

또는 생명의 기운이라고 불리는 특별한 기운을 햇빛이 떨어지는 공간 가득 퍼트렸다.

물론, 구름을 몰아내는 것과 달리, 이번에는 생명의 힘을 조정하는 것이니만큼, 한 순간에 숨이 턱 막힐 정도로 기운을 끌어다 써야만 했다.

흑과 백, 선과 악!

이 모든 기운을 아우르는 게 바로 천마신공이었다. 당연하게도 마기라 불리는 기운 외에도 성력에 버금가는 신성한 기운 역시도 담고 있었다.

이를 극도로 정제하여 너른 공간에 뿌린 것이다.

물론, 마기를 중심으로 개발된 제튼의 천마신공이기에, 쉽지만은 않았다. 그 때문에 겉보기와 달리 상당히 지쳐있는 상태이기도 했다. 꽃이 핀 자리가 한정된 것도 그 때문이었다.

하지만 이런 무리를 해서라도 보여줘야 할 이유가 있었다.

"어때, 아빠도 제법 재주가 있지?"

제튼이 그 말과 함께 메리를 바라봤다.

"그러니 얼마든지 네가 하고픈 대로 해도 된다."

혹여, 운명이라는 구름이 밀려들어 거칠고 매서운 삭풍으로 삶을 어지럽히더라도 두려워 마라.

언제든 구름을 몰아낼 것이고, 바람을 밀어낼 것이며, 꽃을 피워 줄 것이다.

그러니 두려워 마라.

별거 아니라는 듯, 가볍게 웃으며 모친을 이끌고 먼저 꽃밭에 발을 들이는 부친의 뒷모습에, 저도 모르게 눈시울이 붉어졌다.

그녀는 안다. 부친이 스스로를 드러내기 싫어하는 건, 그녀뿐만 아니라 가족 모두가 안다.

하지만 이 같은 성격을 오히려 감춘 채, 오늘은 대놓고 그 능력을 내보였다.

이미 그 능력에 대해 어느 정도는 짐작하고 있던 가족들이었건만, 그럼에도 불구하고 경악스러운 감정을 숨기기 어려울 정도로 어마어마한 모습을 드러낸 것이다. 알고 있던 것도 전부가 아니라는 듯, 닫힌 하늘을 가르고 잠든 대지를 깨웠다.

그녀는 부친이 이 같은 결정을 한 이유를 알 수 있었다.

'아빠… 고마워요!'

언제든 운명의 무게감에 짓눌리지 않게 해 주겠다는 의

미이리라.

그녀만 원한다면, 그게 설령 하늘이라 할지언정 걷어내 버리겠다는 걸 힘으로써, 그 능력으로써 증명해 보인 것이다.

부친의 이 같은 마음 때문일까?

왠지 모르게 어깨가 가벼워지는 기분이 들었다.

❖

대부분의 수호자들이 강제 수면기에 들게 되면서, 본의 아니게 틈새의 공간 전부를 홀로 감당하게 된 까닭일까?

은연중에 놓치는 부분이나 공간들이 있었고, 감지하지 못하는 변화들 역시 존재했다.

데카르단이 비록 로드의 권능에 버금가는 능력을 지녔다고는 하나, 틈새의 공간 전체를 아우른다는 건 그에게도 쉽지 않은 일이었다.

그 때문인지, 강림의 흔적을 너무 늦게 발견해 버렸다.

"으음…."

소환의 경우에는 육신도 함께 차원을 건너는 것이기에, 이곳 틈새의 영역에 걸릴 수밖에 없다.

하지만 강림의 경우에는 육신이 아닌 혼만 건너가는 경우인 탓에, 그 힘의 규모도 작고 존재도 내비치지 않아 틈새에 걸리지 않는 경우가 많았다.

물론, 차원간의 결계로써 존재하는 틈새인 까닭에, 그 혼적 정도는 남았고, 그 덕분에 늦게나마 강림에 대해서 알게 된 것이다.

'큰일이군.'

비록 상황이 안 좋아, 틈새의 공간을 정비하기에도 바쁜 상황이었으나, 꾸준히 바깥 세상에 대한 정보도 작게나마 들여오고 있는 상황이었다.

때문에 대륙에 떠도는 소문 정도는 알고 있었다.

'암흑시대의 징조인가.'

그도 그렇게 강림의 흔적을 읽어 본 결과, 적어도 최상위 마족급은 된다는 결론이 나온 까닭이었다.

말인 즉, 마왕이 등장했을 수도 있다는 의미였다. 이에 대한 정보를 바삐 새로운 로드에게 전했다. 아마도 이후 중간계에 대한 문제는 새로운 로드와 일족의 장로들이 결정을 한 터였다.

하지만 그 스스로는 마땅히 이렇다 할 대처를 할 만한 게 없었다.

대부분의 수호자들이 잠든 이 시기에, 그 홀로 틈새의 공간을 지키는 건 쉬운 일이 아니었다.

몇몇 수호자들이 남아 있기는 했으나, 이들 역시도 몸 상태가 정상이 아닌 탓에, 온전히 깨어있다고 보기도 어려웠다.

게다가 데카르단 역시도 제튼과의 전투로 인한 후유증에 시달리는 와중이 아니던가.

"후우…."

상황이 몹시 어렵다는 생각이 들었다. 이대로라면 차원간 소환의식이 진행된다 하여도 막아낼 도리가 없다 여겼다.

수호자들이 제 역할을 못하고, 그 역시 힘을 온전히 발휘할 수 없는 이 때, 틈새의 공간은 그저 '공간'의 역할만 할 뿐, '결계'로써의 역할을 수행하지 못할 확률이 높았다.

거기까지 생각하던 데카르단의 입가에 씁쓸한 미소가 피어났다.

"어차피… 상관없나."

암흑시대라고 명명되어질 정도의 환란이 일어난다면, 이곳 틈새의 공간으로도 잡을 수 없는 거대한 힘이 움직일 터였다.

그렇다면 그가 해야 할 일은 명백했다.

관측!

두 차원에 고르게 분배되어 있던 그의 감각이, 마계를 향해 집중되어갔다.

훌륭한 매개체를 얻은 덕분일까?

비헤름은 본신의 능력을 전부 사용할 수 있다는 걸 확신했다.

'뭐… 완벽한 건 아니지만.'

애초에 모자라는 부분이 있더라도, 마계 최악의 흑마법사로 불리는 그의 능력이라면, 얼마든지 개조가 가능한 부분이었다.

특히, 운트의 육신에서 가장 마음에 들었던 건, '생기'가 전혀 없다는 부분이었다.

애초에 드래곤하트의 능력을 발현시키기 위해 생기를 끌어다 썼던 운트였다. 당연히 그 힘이 모두 빠져나갈 수밖에 없었다.

그렇게 죽어버린 육신이 유지되었던 건, 순수하게 드래곤하트의 능력 때문이었다.

"드래곤 하트로 인해 죽어버린 육신이, 드래곤 하트로 인해 유지되고 있는 건가. 큭!"

한 차례 실소한 그가 내부를 찬찬히 관찰했다.

비록 온전한 드래곤 하트가 아닌, 그 조각일 뿐이었지만 그래도 중간계의 절대자라는 드래곤의 심장답다고 해야 할까?

방대한 양의 마나가 그 안에 담겨 있었고, 그 안에 사기를 가득 채우는 건 생각보다 쉽지가 않았다.

더욱 재미있는 건, 육신과 드래곤 하트의 간극을 메우고자 정령의 기운까지 끌어다 썼던 탓에, 더더욱 사기로 오염을 시키는 게 쉽지가 않다는 것이다.

하지만 이를 사기에 물들이기만 한다면, 충분히 본신의 능력을 사용하는 게 가능하다는 결론이 나왔다.

드래곤 하트!

무려 이곳 중간계에서 난 이 세상 마나의 결정체와 같은 것이다. 마계에서와 같은 위용을 충분히 보이고도 남을 터였다.

다행스러운 점이라면 이미 한 차례 마기에 물들어 있다는 점이랄까?

문득, 강림하던 당시에 치가 떨릴 정도로 그를 두드려 팼던 대성의 모습이 떠올랐다.

〈얼굴만 봐도 똥오줌을 못 가리게 해 주마!〉

정말 무식할 정도로 맞았다. 이 훌륭한 매개체는 그 와중에도 박살나지 않고 끈질기게 살아남았고, 덕분에 지독할 정도의 고통을 느껴야만 했다.

'두고 보자. 망할 원숭이 새끼! 이것만 완성시키면…으득!'

당한 것 이상으로 갚아주고야 말리라.

아무리 생각해도 재앙덩어리라는 생각을 감추기가 어려웠던 것인지, 그를 생각할 때면 저도 모르게 인상이 구겨지고는 했다.

금각은 한숨을 푸욱 내쉬며 대성을 떠올렸다.

'적당히 좀 할 것이지.'

무려 마계의 왕들 중 한명인 비혜름을 하루 종일 두들겨 패던 모습은, 다시 생각해도 소름이 끼칠 정도였다.

때문에 감히 그 일을 가지고 대성에게 무어라 할 수가 없는 것이기도 했다. 똑같은 꼴이 날까 두려운 까닭이었다.

게다가 이미 지나가 버린 일에 연연해서 무엇 하겠는가.

물론, 적을 하나 늘려버린 상황인지라, 여차할 때는 최악의 결과가 나올지도 몰랐다.

'비혜름이 우마왕 측에 붙어버린다면….'

그저 가정일 뿐이건만, 상상만으로도 골머리가 아팠다. 이 같은 사실을 천마에게 전하기는 했다. 그와 은각의 기분을 대신해서 천마가 대성을 혼내줬으면 하는 마음이 일부 포함된 보고였다.

하지만 의외로 천마는 신경 쓰지 말라는 태도로 나오는 게 아닌가.

〈재밌게 됐네.〉

오히려 이런 소리를 하며 금각의 머리를 더욱 아프게 만들 정도였다.

"에휴~! 어떻게든 되겠지."

고개를 절레절레 흔들며 천마의 명을 따를 뿐이었다. 어차피 비혜름과 같은 마왕을 불러들이며, 그들에게 '신뢰'를 얻거나 줄 생각 따위는 없었다.

서로 적당히 주고받는 관계면 충분했다.

'열심히 흔들어 줘야 할 텐데.'

비혜름은 왕의 능력으로 마계와 통신을 하고 있었다. 물론, 그의 휘하에 속한 불사의 세력 외에는 연결이 불가능했으나, 그걸로 충분했다.

우마왕의 중간계 진출에 관한 소식을 마계에 전할 수 있기 때문이다.

이를 통해서 우마왕은 여러모로 곤란한 상황을 겪게 될 터였다.

특히, 갑작스레 그 세력을 넓힌 우마왕이기에, 그를 견제하려는 마왕들이 많았다. 당연히 중간계의 소식이 전해진다면, 우마왕도 한바탕 몸살을 앓게 될 것이다.

완전하지 못한 상태로 중간계로 진출하는 것.

그게 현재 금각이 꾸미고 있는 계획이었다. 비록 다른 진영에는 연락을 넣기가 어렵지만, 이미 마계의 삼장과는 한 차례 통신을 마친 상태였다.

겨우겨우 짧은 내용만 전한 것으로 끝이었지만, 그거면 충분했다. 삼장의 뛰어난 머리라면 충분히 모든 계획을 이해하고, 우마왕의 진영을 흔들어 놓고도 남을 것이다.

'남은 건… 기다리는 건가.'

할 수 있는 건 다 했다. 때문에 이제는 한 걸음 물러나서 중간계의 대처를 지켜볼 때였다.

'그러고 보니….'

성국에서 출발한 조사단이 제국 수도로 향하고 있다는 소식이 떠올랐다.

'지금쯤이면 도착했으려나.'

그들의 움직임이 대륙의 모든 이목이 집중되어있는 상황이었다. 당연히 그 역시도 호기심이 일어날 수밖에 없었다.

◆

성국의 조사단이 본격적으로 움직이기 시작했다.

차기 성국의 검이라고 불리는 '라스탄 델렉'이 그 기사단을 지휘하고 있었고, 대신관들 중에서도 가장 권위가 높다는 여덟 대사자들 중 한명인 '바흐만 테문'이 대표로써 이들을 이끌고 있었다.

물론, 대사자라고 칭하기는 하나, 그들 스스로 붙여놓은 것으로써, 실제로 역사서나 이야기에 등장하는 신의 사자 같은 건 아니었다.

어쨌든 조사단에는 이 둘 외에도 성국 내에서 제법 유명한 인사들이 여럿 포함되어 있었고, 그런 만큼 대륙의 많은 시선들이 그들을 향해 집중될 수밖에 없었다.

어디로 향하는가?

대충 짐작은 하고 있었다. 축복의 날을 조사하기 위한 조사단이라는 걸 알기에, 그들의 목적지 역시도 충분히 예측 가능했다.

제국 수도 크라베스카!

그곳에 은총이 내려와 빛의 기둥이 세워졌다는 소문은 이미 퍼질 대로 퍼져버린 상태였다.

서로를 물어뜯고자 준비를 하고 있던 연합왕국은 잠시 숨을 고르며 내분을 중단했다. 그러며 저들 성국의 조사단에게 길을 열었다.

〈상황이 상황인 만큼 그들의 행동을 주시하면서 다음 행동을 계획하자!〉

이 같은 이야기가 오갔을 터였다.

그렇게 성국의 조사단이 제국 국경에 닿았다.

최근, 연달아 이어졌던 전쟁의 후유증일까? 성국의 조사단이라는 명목으로 움직이는 이들이건만, 제국 국경을 넘기는 쉽지 않았다.

279

하지만 결국 제국 내부로 발을 들였으니, 이는 뒤늦게 날아온 수도 본진에서의 명령으로 인한 것이었다.

황제 역시도 저들의 행보가 궁금했던 까닭에, 한 번 지켜보기로 결정을 내린 것이다.

그렇게 제국에 발을 들이고, 매 순간 쉴 새 없이 걸음을 재촉한 덕분일까? 그들 성국 조사단은 순식간에 제국 수도까지 도달할 수 있었다.

에셀란은 어느새 코앞으로 다가온 제국의 수도를 바라보며 감회어린 눈빛이 되었다.

'이곳에….'

그녀를 비롯한 신녀회의 일원들이 오랜 세월을 기다려 왔던 존재가, 이곳 저 성벽 너머에 있을 거라는 생각에 저도 모르게 가슴이 떨려왔다.

굳이 무리를 하고 억지를 써가며 교황을 설득해서, 이들 성국의 조사단과 함께 할 수 있었다.

아마도 그녀의 존재 때문에 대사자라 불리는 바흐만이 움직인 것으로 여겨졌다. 대사자라 불리는 이들 중에서도 바흐만 대신관은 교황파의 인물이기 때문이었다.

'아마도…나를 견제하고 행동을 제약하기 위한 교황의 조치겠지.'

덕분에 여러모로 힘겨운 여정이 되었으나, 저 앞으로 보이는 수도의 성벽을 보고 있노라니, 그간의 고생이 상당부분 씻겨 내려가는 기분이 들었다.

'드디어….'

바라고 바라던 존재를 마주하게 된다는 기대감이 자꾸만 가슴을 널뛰게 만들었다.

물론, 아직까지는 그 정체가 밝혀지지 않았다. 하지만 수도의 대신관 루이나르를 잘 설득한다면, 얼마든지 그에 대한 정보를 얻는 게 가능할거라고 여겼다.

'바흐만 대신관보다 빨리 찾아야 한다!'

마음 같아서는 지금 당장 수도로 들어서고 싶었으나, 아무리 성국 조사단이라고 하더라도 제국 수도를 넘는 순간만큼은 발목이 잡힐 수밖에 없었다.

이런 저런 확인 절차들이 생각 이상으로 많았던 까닭이었다.

불만을 가질 수는 없었다. 아무리 대륙적인 권위를 지닌 성국이라고 하나, 상대가 무려 제국이기도 하거니와, 최근 들어 발생했던 제국 수도의 습격 사건들을 생각해 본다면, 순순히 절차에 응하는 게 바람직한 선택지였다.

그렇게 본의 아니게 생긴 시간적 여유 때문일까? 자연스레 주변을 둘러보게 되었다.

과연, 제국이 수도라고 해야 하는지, 그 끝이 보이지 않을 정도로 길게 늘어선 사람들의 행렬이 가장 눈에 띄었다.

전쟁으로 인해 제국으로 향하는 발길이 한 동안 뜸해지는 것 같았으나, 황제의 등장과 그로 인한 승승장구와 축복의 날이라는 기적까지 더해지면서, 전보다 한층 많은 수의 사람들이 제국의 수도를 찾고 있는 실정이었다.

특히, 그 중에는 신자들로 보이는 이들도 상당했는데, 아마도 이곳 제국 수도를 일종의 '성지'로써 여기며 걸음을 하는 것 같았다.

그렇게 사람들의 행렬을 관찰하던 시선은 이내, 수도 성벽 방향으로 이어졌다.

비록 성벽의 보호를 받지 못하는 수도 외부라고는 하나, 그곳에도 사람들은 살고 있었다.

각기 천막 같은 걸 치고 나름대로 물품을 늘어놓은 채, 장사라 할 만한 것들을 하고 있었는데, 행렬에 지친 이들 중 일부는 이곳으로 들어가 간단히 배를 채우거나, 이런 저런 물품 구입을 하며 간단한 휴식을 취하고 오는 게 보였다.

물론, 일행 중 일부가 이들을 대신하여 자리를 지키고 있는 건 필수였다.

조금은 반칙적인 모습이었으나, 굳이 이를 가지고 무어라 하는 이들은 없었다.

길게 이어지는 행렬로 인해, 자연스럽게 생겨난 일종의 관례와도 같은 것이기 때문이었다.

그렇게 성벽 주변의 간이 장터들을 돌아보던 에셀란은

문득 호흡이 가빠진다는 느낌을 받았다. 심장의 박동 역시도 한층 빨라져 있었다.

수도에 도달했다며 피어난 기쁨의 여운일까? 그렇다고 치기에는 시간이 제법 흐른 상황이었다.

'어째서?'

의문을 표하던 그녀의 시선이 채자 장터를 훑어갔다. 그러던 찰나, 유난히 호흡이 가빠지는 순간이 있다는 걸 깨달았다.

'…설마?'

머릿속으로는 의문을 내뱉고 있었으나, 그녀의 발길은 스스로가 자각하기도 이전에 이미 나아가고 있었다.

◈

마지막이 될지도 모르는 나들이를 마치고, 메리와 케빈은 다음날 바로 수도로 돌아왔다.

아카데미 복귀를 위한 길이었다.

고향으로 향하던 것과 달리, 수도로 가는 길에는 일행이 늘어 있었는데, 앞서 나들이를 갔던 일행이 전부 그 안에 포함되어 있었다.

제니 역시도 아카데미 입학을 준비해야 하는 까닭이었다.

"짜잔! 마법의 양탄자."

출발하기 전, 제튼의 웃기지도 않는 농담과 함께 거대한 양탄자를 들고 왔는데, 정말 웃기지도 않는 건 정말 그 양탄자가 마법처럼 허공을 부유한다는 점이었다.

정말 마법 같은 광경이었으나, 케빈만은 어렴풋이 양탄자를 감싸고 있는 오러의 향을 느낄 수 있었다.

아침 일찍, 그 너른 양탄자를 타고 출발한 가족은 점심이 될 무렵에는 수도 인근에 도착한 뒤, 남은 거리는 차분히 걸어 왔다.

주변 시선을 의식한 까닭이었다.

셀린이 준비해 온 먹을거리는 이동 중에 전부 다 먹어버린 까닭에, 점심은 수도 외곽에 마련되어 있는 임시 장터에서 해결을 해야만 했다.

배를 채웠으니 이제는 수도 행렬에 발을 들여야 할 때였다. 하지만 어찌된 일인지 제튼은 장터 구경을 좀 더 하자며, 행렬로 향하는 걸 막았다.

어째서일까?

의문을 느꼈던 셀린이었으나, 얼마 지나지 않아 찾아든 무리를 보며, 그 이유를 짐작할 수 있었다.

'성기사….'

한 눈에 봐도 무리의 정체를 알 수 있었고, 그로 인해서 제튼의 의도 역시도 알게 되었다.

'…성국!'

자연스레 그녀의 시선이 딸아이에게로 향했다.

덤덤한 표정으로 성국의 무리를 지켜보는 메리의 모습이 보였다.

하지만 겉모습과 달리 복잡한 심정이라는 걸 알 수 있었다. 비록 혈육으로 이어지지는 않았으나, 오랜 세월 업어 키우고 안아서 품었던 아이였다.

저 태연자약한 얼굴 속에 감춰진 미묘한 감정의 흔들림을 모를 수가 없었다.

조용히 딸아이에게 다가가 가만히 그 여린 손을 잡아주었다. 한 차례 모녀의 시선이 맞닿았고, 생각이 통하기라도 한 듯, 둘 모두 가벼운 웃음을 지을 수 있었다.

손을 타고 전달되는 모친의 온기 덕분일까? 잠시간 복잡하게 흔들렸던 감정이 수습되는 게 느껴졌다.

한층 차분해진 마음으로 성국의 행렬로 시선을 보냈다.

이것은 일종의 시험이었다.

〈과연, 날 알아볼까?〉

어찌 보면 마르한이 원하던 방향과는 다를 수도 있는 선택일지도 모른다.

최대한 오래, 그녀만의 자유를 누렸으면 하던 그의 바람과는 다른 행동으로 여겨질 수도 있었다.

하지만 그녀는 이미 스스로에 대해 자각을 해버렸고, 그로 인해서 남은 시간이 얼마 없다는 것 역시 알아버렸다.

사실, 성국이 수도에 도착한 이상 머지않아 그녀의 정체가 발각될 확률이 높았다. 저들 외에도 성국에서 비밀리에 조사단을 파견한 상태이기도 한 만큼, 메리의 정체는 금세 들통 날 터였다.

한 학년을 문제없이 마쳤다는 걸로도 충분히 만족스러운 시간이었다. 더 이상 시간을 버는 건 무리가 있었다.

때문에 이 같은 선택을 하게 되었다.

의도적으로 성국이 도착하는 시간에 맞춰서 수도로 돌아오는 일정을 잡은 것이다.

물론, 이 부분에 대해서는 부친의 도움을 받았다.

성국의 행렬이 지나가는 동안, 그들이 만약 그녀를 알아보지 못한다면?

마르한의 선택처럼 얼마 안 남은 시간일지언정, 최대한 그녀만의 자유를 누릴 생각이었다.

성국의 행렬을 구경하는 주변 사람들처럼, 그녀 역시 차분한 시선으로 구경꾼의 일원이 되어 갔다.

그렇게 얼마나 지났을까?

한 여인이 성국의 무리에서 벗어나는 게 보였다. 정확히 그녀를 향해 걸어오고 있었다.

바흐만은 신녀회의 수장인 에셸란을 견제하기 위해 조사단에 투입된 만큼, 에셸란의 행동을 하나하나 주시할 수밖에 없었다.

하지만 그렇다고 해서 매 순간순간 그녀를 감시하는 건 아니었다. 그도 사람인만큼 쉴 시간도 있어야 하고, 나름의 직책도 있는 만큼 적당한 여유도 즐겨야 하지 않겠는가.

때문에 그녀의 갑작스런 이탈을 바로 알아채지는 못했다. 뒤늦게 직속 신관의 귓속말을 듣고 나서야 그녀를 발견할 수 있었다.

눈살을 찌푸리며 그녀를 불러들이려는 찰나, 한 가지 의문이 일어났다.

'지금까지 조용하더니만, 갑자기 왜?'

그녀의 행동에 이유가 있다 여기며 입을 닫았다.

그의 눈길이 빠르게 그녀의 주변을 훑었다. 그러다가 이내 그녀가 올곧게 직선으로 걷고 있다는 걸 알고는, 그 걸음의 끝으로 시선을 앞서 보냈다.

두근…

그리고 이내 격한 가슴의 울림을 느꼈다.

"허억!"

그도 모르게 호흡이 거칠어지기 시작했다. 그리고 어느

새 그 역시도 그녀를 따라 행렬을 이탈하고 있었다.

　바흐만은 성국 조사단의 대표라는 직책을 지니고 있었
다. 그런 만큼 그의 갑작스런 이상행태는 에셀란보다 더욱
파급효과가 클 수밖에 없었다.
　당연하게도 성국 조사단에 포함된 많은 신관 기사들이
이들의 행동에 의문을 느끼며 지켜보기 시작했다.
　그리고 얼마 지나지 않아, 앞서 두 사람과 마찬가지로
하나 둘, 그들의 행렬을 따르기라도 하듯, 장터를 향해 발
걸음을 하는 이들이 늘어갔다.

　멋대로 움직이는 자신의 발길에 의문이 들었으나, 어째
서인지 이 걸음을 멈추고 싶은 생각은 들지 않았다.
　에셀린은 이 아련한 가슴의 울림에 그 이유가 있다고 믿
었다.
　때문에 그냥 그렇게 걸었다.
　'열일곱? 여덟?'
　이제 막 화사하게 꽃을 피우고 있는 소녀의 모습이 보였
다. 이 걸음이 향하는 목적지이기에, 더욱더 세심히 소녀
를 관찰하게 되었다.

어째서일까?

관찰을 하면 할수록 이상하게 눈이 부시다는 생각이 들었다.

마치, 후광이 비치기라도 하는 것처럼,

"…아아!"

그 순간 깨달았다.

성녀!

눈앞의 소녀는 그녀가 그토록 찾던 존재였다.

에셀린은 그 자리에 그대로 무릎을 꿇고 앉아 허리를 깊숙이 숙였다. 그 뒤로 바흐만 역시 땅바닥에 무릎을 붙이고 있었으며, 이들의 뒤를 따르던 신관들 역시도 같은 모습으로 허리를 깊이 숙이고 있었다.

그리고 이들의 뒤를 따르던 라스탄과 성기사들 역시 정중한 모습으로 한 쪽 무릎을 접어 바닥에 붙인 채, 고개를 깊이 숙였다.

이 모습을 내려다보던 소녀가 한 차례 쓴웃음과 함께 입을 열었다.

"엘 로우 힘!"

나직한 음성과 함께 기도문이 흘러나왔다.

번쩍!

그렇게 하늘의 은총이 또 한 번 대지를 적시던 날.

성녀가 탄생했다.

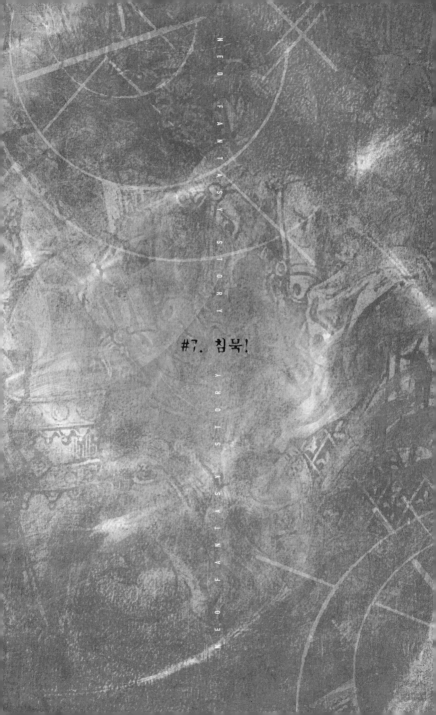

#7. 침묵!

#7. 침묵!

대륙에 평화가 찾아왔다.

곳곳에서 발생하던 영지전이 멈췄고, 단체 간의 마찰이
잦아들었으며, 국가 간의 소음 역시도 줄어들었다.

분명,

평화가 찾아온 듯 보였다.

"태풍전의 고요다!"

누군가 현 대륙에 대해 이렇게 평을 했고, 사정을 아는
대부분의 사람들이 그 말이 틀리지 않다고 여겼다.

다가온 환란에 앞서 한 차례 침묵의 시간이 찾아든 것이
다.

성녀의 탄생!

겨울바람이 멎기 전, 봄소식보다 앞서서 찾아온 놀라운 이야기가 대륙을 강타한 순간, 각국의 고위인사들은 일제히 알게 되었다.

은연중에 떠돌던 암흑시대에 대한 소문이 진실일 확률이 높다는 것, 그러니 이에 대한 대비를 해야 한다는 걸 자각한 것이다.

언뜻 보아서는 평화가 찾아든 것 같았으나, 그 안을 들여다보면 전에 없이 분주하게 땀을 흘리는 중이었다.

이렇게 철저히 전력을 통제하고 내실을 다지는 건 결코 쉽지 않은 일이었다.

어찌되었건 강제로 통제를 하려고 들면 반발심이 일어날 수밖에 없고, 이에 대한 불만이 차곡차곡 쌓이다 보면, 언젠가는 상부를 향해 이를 드러내는 결과가 나올 수도 있기 때문이었다.

암흑시대가 온다는 가정이 틀린다면, 분명 골치 아픈 사태가 발생할 수도 있었다.

"여차하면 타국에 시비를 거는 용도로 사용하겠지."

가면사내는 만약의 사태에 대한 상황을 추측하며, 각 왕국에서 날아드는 정보들을 세세히 분류했다.

그러다가 한 차례 쓴웃음을 띄웠다.

"뭐… 그럴 일은 없으려나."

'결국, 암흑시대는 열릴 테니까.'

가면사내는 그 같은 자신의 생각을 확신하고 있었다. 이유는 간단했다.

　'제천…대성!'

　괴상한 이름을 사용하던 마족을 그는 직접 만났었다. 그리고 그의 발아래 엎드렸다.

　최초, 언데드 군단에 대한 소식을 접했을 때, 일찌감치 그들 무리를 찾아 나섰다.

　전력을 잃었으나 아직 저력은 남았기에, 그 저력으로 언데드 군단의 무리를 쫓고, 그 배후를 추격했다.

　그러다 결국 대성과 만나버린 것이다.

　'아미르…'

　황제에게 향할 수 있는 마지막 기회라고 여겼다. 애초에 어둠에 빠질 수도 있다는 걸 각오하고 내딛은 걸음이었다.

　때문에 과감히 그 앞에 머리를 조아릴 수 있었다.

　이후, 그레이브는 저들의 정보원으로써 착실히 대륙의 모든 정보를 모아왔고, 가면사내는 이를 세세히 분석하고 분류하기 시작했다.

　제국에 대한 원한으로 움직이는 그레이브라고 하나, 마족과 손을 잡는 순간부터 이미 그들은 도를 벗어난 거라 할 수 있었다.

　때문에 가면사내는 이 같은 사실을 조직에 알리지 않았다.

그레이브라는 단체와 별도로 그 혼자만이 마족의 진영에 투항한 구도를 만든 것이다.

각기 한 발씩 담고 있어야, 둘 모두 유용하게 이용할 수 있기 때문이었다. 물론, 일말의 양심 역시도 작용했다.

만에 하나의 사태가 발생하더라도, 그레이브의 일원들과 그가 별개로 존재할 수 있는 최소한의 안정장치 역할을 해 줄 터였다.

그에게 남은 마지막 한 줌의 양심이었다.

"훗…."

문득, 자조 섞인 실소가 흘러나왔다.

"어쩌다 여기까지 온 건지."

스스로가 생각해도 자신을 이해하기가 어렵다고 여기면서, 애써 생각을 정리했다. 더 깊게 빠져들었다가는 헤어나오기 어려운 감정의 바다에 침잠해버릴 수도 있기에, 생각은 짧게 하는 게 좋았다.

머리가 복잡할 때는 일에 전념하는 게 제일이기에, 그의 손은 다시금 보고서를 넘기고 있었다.

❖

첫 만남 당시에 딱 감이 왔다.

'이놈, 마족이다!'

좀 더 정확히는 마물의 영역에 한 발 걸치고 있는 정도
였지만, 이성을 제대로 유지하기만 한다면 충분히 마족의
위치에도 발을 디딜 수 있을 거라 여겼다.

자연스레 관심이 갔다.

"대성께서 아주 재밌는 놈을 데려왔어."

금각은 인간이되 그 그릇을 벗어나려 하는 존재를 유심
히 살폈다.

항시 얼굴을 가면으로 가리고 다니는 사내였는데, 그의
변화를 살피고자 기억을 일부 읽어냈다.

정신계열의 마법은 여러모로 부작용이 큰 까닭에, 그 삶
의 큰 흐름만 확인할 수 있게 약간만 건드린 것이다.

한 여인을 향한 사랑과 집착 그리고 한 사내를 향한 원
망과 집념이 절묘하게 어우러져 있었다.

이 즈음에서 이미 한 차례 정신적인 '오염'이 된 상태였
는데, 괴상한 실험들을 자주 접하고 발을 깊숙이 담그면서
육체적인 부분에서도 조금씩 변화가 온 것이다.

'실험이라…'

이 부분의 흐름을 읽어냈을 때, 미묘한 이질감을 느꼈
다.

'이건, 인간들의 것이 아닌데.'

단박에 이종의 존재가 끼어있음을 알았고, 그게 어쩌면
드래곤이라 불리는 이들일지도 모른다는 예감이 들었다.

너무도 높은 수준의 마법실험을 엿본 까닭이었다.

금각에게도 '높다' 여겨질 정도면, 이는 결코 가볍게 여길 수 없는 것이었다.

흥미로운 흐름의 끝자락에서 대성이 등장했다.

"계약이 결정적인 변화를 끌어낸 건가."

가면사내는 마족 중에서도 최상위 마족으로써, 마왕의 영역에도 한 발 걸치고 있는 대성과 계약을 맺은 상태였다.

그 순간 육신이 인간의 그릇을 내던졌다. 오염된 정신이 더 나은 육체를 위한 정보를 얻어낸 것이다.

"하… 이런 경우도 있나."

때문에 헛웃음만 나왔다. 어찌 되었건 삼장 다음으로 뛰어난 머리를 지녔다고 자부하는 금각이었다.

나름대로 상당량의 지식이 그의 머릿속에 담겨있는 것이다. 하지만 그런 그의 머리로도 가면사내의 변화는 예상을 벗어나는 종류였다.

"무의식중에 스스로 인간이기를 포기하고 있는 건가."

아직은 인간의 그릇을 온전히 벗어던지지 못한 채, 마물에 가까운 방향으로 변화를 하고 있었으나, 정신이 온전하기만 한다면, 새로운 마족이 탄생할 수도 있다고 여겼다.

쉬이 믿기지 않는 상황이었으나, 마계의 역사 속에도 인간으로써 마계에 든 존재가 여럿 있었고, 그 중에는 나름대로 지위를 얻었던 이들도 있었다고 알려져 있기에, 가면사내에게 발생한 일이 전혀 불가능한 상황은 아닌 듯싶었다.

거기까지 생각하던 금각의 시선이 가면사내가 보내온 보고서로 향했다.

가면사내를 받아들이고 난 뒤, 가장 마음에 드는 부분이 바로 이것이었다.

언데드 군단을 이끄는 한편, 중간계의 정보를 얻어내려고 이래저래 고생했던 부분들을 생각해 본다면, 가면사내는 그야말로 보배로운 존재였다.

에지텍이 이끌고 온 흑마법사와 그가 따로 마련한 정보부가 있었으나, 그것만으로는 대륙 전체를 아우르기가 어려웠다.

그저 단편적인 정보들을 수집해 짜 맞추는 정도였다. 하지만 가면사내가 들어오면서 대륙 전반에 걸친 정보들을 수집하고 분석하는 게 가능해졌다.

정보도 힘의 한 종류라 할 수 있었고, 이렇게 부족하던 힘을 채우고 나자 자연스레 여유가 생겨났다.

가면사내의 보고서를 읽으며 차분히 현 대륙의 상황들을 머릿속에 새겨 넣었다.

"성녀가 깨어난 덕분에, 판이 재밌어졌어."

보고서에는 성국관련 정보와 그로 인한 대륙의 여파들이 세세히 분류되어 있었다.

한 차례 실소하던 금각의 시선이 창밖으로 향했다. 맑고 푸른창공이 시야 가득 채워졌다. 하지만 그의 눈에는 결코 맑거나 푸르지 않았다. 오히려 어둡고 탁한 느낌이 물씬 풍기는 것 같았다.

이제, 상황을 아는 이들은 암흑시대를 정면으로 보기 시작했고, 그저 짐작만 하는 이들도 암흑시대를 곁눈으로 흘겨보고 있었다.

그래서일까?

"저게… 하늘이 물든다고 하는 건가."

사람들의 불안감이 모여 하나의 거대한 의지가 갖춰내면, 세상은 거기에 반응을 하게 된다.

암흑시대에 대한 불안감이 세상을 어지럽히고, 하늘이 그 혼란에 반응하고 있었다.

"큭!"

나쁘지 않았다. 계획이 제대로 이뤄지고 있는 모양새였다.

'이 정도면 주군께서도 만족하시겠지.'

언뜻 천마의 웃음소리가 들려오는 것 같았다.

❖

하늘을 보고 있노라면 절로 웃음이 나온다.

"큭큭큭큭!"

천마는 가볍게 실소를 흘리고선 하늘로 올려 보내던 시선을 거뒀다.

"머지않아 소대가리 놈도 눈치 채겠지."

세상에 비틀린 흐름이 생겨났다. 사람들의 마음에 생긴 한 가닥 불안감이 하늘에 닿은 것이다.

그저 감정적 편린이라 여길지도 모르겠으나, 무려 수천 수만 수십만의 불안감이 쌓이고 쌓여 저 높은 꼭대기를 찌른 경우였다.

"큭!"

어렴풋이 비치는 하늘의 어둠이 눈을 즐겁게 했다. 경지 너머의 초월자들에게만 허락되는 풍경이었다.

저 풍경이 완연한 어둠으로 물들 때, 하늘은 이곳 세상 너머의 또 다른 세상에 살포시 노크를 할 것이다.

"그리고 '길'이 연결되는 거지."

무려 차원을 잇는 통로였다. 물론, 이 통로의 완성을 위해서는 저 반대쪽에서 노크에 호응을 해야 한다는 것인데, 이미 그 준비를 하는 존재가 있지 않은가.

우마왕!

단, 문제가 있다면 아직 한창 준비 중이라는 점이었다. 게다가 노크에 응할 '문의 주인'이 누가 될지도 문제였다.

준비가 한창이라고는 하나, 우마왕 외에도 마계에는 많은 왕들이 존재했다.

그들 역시도 차원의 울림을 느낄 터였다.

"크크크크!"

새삼 웃음이 나왔다. 차원을 두드리는 울림에 우마왕의 표정이 어떻게 변할지, 상상만 해도 입 꼬리가 올라갔다.

양측의 동의하에 열리는 문이라면, '틈새'의 공간마저도 뛰어넘을 터였다.

그런 만큼 많은 마왕들이 눈독을 들일 확률이 높았다.

준비가 한창인 와중에, 마왕들과도 적잖은 마찰을 일으키게 될 것이니, 결국 우마왕은 온전한 형태로 세상을 넘어오지 못할지도 몰랐다.

"재수 없으면 다른 놈한테 뺏길 수도 있겠지. 크크크!"

매개체가 되는 천마와 존재에 더해, 가장 준비를 철저히 하고 있다는 부분, 그리고 최근 마계에서 최고의 성세를 누리는 왕이라는 점에서, 가장 높은 가산점을 받기는 할 터였다.

"그래도 쉽지는 않을 거다!"

아마 모르긴 몰라도 우마왕이 중간계로 올라올 즈음이면, 그 분노로 인해 발록들처럼 콧김에 불을 뿜고 있을지도 몰랐다.

"크크크!"

재차 웃음을 터트린 그의 시선이 한 방향으로 돌아갔다. 여전히 깊은 참오에 빠져있는 카이든이 보였다.

지난겨울과 비교해 봐도 별다른 변화가 없는 것 같았으나, 깨달음은 순간인지라 외형에서 무언가를 짚어내기란 요원한 일이었다.

하지만 그 찰나의 깨달음을 위한 준비는 전부 마친 상태이기에, 실상 천마의 역할을 끝났다고 볼 수 있었다.

그럼에도 이곳에 머무는 건, 카이든이 벽을 넘는 순간을 확실히 눈으로 확인하고 싶은 마음이 컸다.

실로 그답지 않다 할 수 있는 감정에 한 차례 실소할 뿐이었다. 카이든을 보고 있노라니 저 얼굴과 닮았으며, 그의 감정을 건드리기까지 하는 또 다른 사내가 떠올랐다.

제튼 반트!

성녀가 세상에 모습을 드러내던 날, 한 차례 더 만남을 나눴었다. 그가 터전으로 삼고 있는 공간에서 거대한 빛과 기운이 발현되었다.

어찌 관심이 가지 않을 수 있겠는가.

또 다시 축복의 날이 재현되었나 싶은 마음에, 훌쩍 공간을 가로질러 수도 외벽으로 날아갔고, 그토록 보고자 했던 제튼의 가족들을 두 눈에 담게 되었다.

그리고 이 날,

제튼에게 아주 재밌는 제안을 받게 된다.

은은한 향이 코끝을 스치고 부드러운 공기가 어깨를 감싸는 공간을 신기하다는 듯, 연신 둘러보는 사내의 모습에 슬쩍 쓴웃음이 나왔다.

처음이라고 해야 할까?

서로 만나면 으르렁 거리기나 했지, 이처럼 온화한 장소에 함께 머무른 적이 한 번도 없었다.

"네가 나한테 찻집을 오자고 하다니. 큭!"

웃음을 짓는 모습이 보였다. 생각해보면, 그들이 이런 공간에 서로 마주하고 있는 게 처음일수도 있으나, 사내의 성격이라면 애초에 그 홀로도 이런 공간을 올 일이 없겠거니 싶기도 했다.

여러 가지 의미로 처음이라고 여길 수 있을 것 같았다.

"천마."

나직이 사내의 이름을 입에 올렸다.

"내가 요즘, 오랜만에 수련이란 걸 좀 하고 있다."

"호… 하긴, 제튼 너는 좀 해야지. 원체 글러먹은 육신을 타고났으니까."

욕짓거리가 팍 올라왔으나 애써 참았다. 굳이 이런 찻집에서 만남을 가진 이유가 무엇이던가.

'참자… 참아!'

주변 사람들을 떠올리면서, 혹여 이성을 제어 못하고 달려드는 걸 막기 위한 목적을 상기하며, 애써 분노를 억눌렀다.

'…전투는 다음에.'

오늘은 대화를 위해 만난 것이다. 애써 감정을 달래며 본론을 꺼내들었다.

"내기 한 판 하자?"

"뭐?"

의외의 내용에 눈을 동그랗게 뜨는 천마를 보며, 바로 이야기를 이어나갔다.

"다음에 만났을 때 승부를 보되, 거기에서 이긴 사람의 부탁을 뭐든 하나 들어주는 거다. 어때?"

이 놈이 무슨 의도로 이러나? 하는 눈빛으로 천마가 유심히 관찰하는 게 보였다. 이에 얼마든지 보라는 듯, 태연하니 그 눈빛을 받아들이고 있으니, 오히려 더는 살피지 못한 채 물러난다.

"자신 있냐?"

그러며 던지는 물음에, 제튼의 입 꼬리가 슬그머니 올라갔다.

"왜? 쫄려?"

"누가 할 소릴."

거래 성사였다.

"간다."

그 말을 남기며 제튼이 찻잔을 비우고 자리에서 일어날 때였다. 천마가 그를 향해 재차 물어왔다.

"그런데 다음이라는 게 언제냐?"

이에 제튼이 걸음을 멈추며 답했다.

"…때가 되면 알 거다."

결코 길지 않은 대답이었으나, 어째서인지 천마는 알아 먹은 것 같은 얼굴로 고개를 끄덕이더니, 이내 손을 흔들고 있었다.

"미리 말하는데, 다음에는 나도 안 봐준다."

말이 채 끝나기도 전에 제튼은 이미 밖으로 나가버렸다. 문 쪽을 잠시 바라보던 천마가 찻잔을 집어 들며 나직하니 뒷말을 더했다.

"…못 봐준다고 해야 하려나. 큭!"

그러며 잔을 휙 하니 털어 넣는다.

"크으… 쓰다."

상당한 고가의 차였으나, 그의 입맛에는 영 아니었다.

❖

이미 각오는 다지고 있었으나, 정식으로 이를 입 밖에 내어 뜻을 전한 건 최근이었다. 그래서일까?

제튼은 새삼스레 긴장감이 샘솟는 기분에 매일이 두근거렸다. 이러한 감각을 수련으로 이끈 덕분인지, 그 기세가 이전보다 한층 날카롭게 벼려져 있었다.

당연히 대련을 하는 마티나로써는 죽을 맛이었다. 그렇잖아도 하루가 다르게 상대하기가 어려워지고 있는 상황이었다.

이제는 본체로 돌아가지 않는 이상 대련이 성립할 수가 없을 정도였으니, 더 말해 무엇 하겠는가.

"수고하셨습니다."

제튼의 한마디를 끝으로 겨우 안도의 한숨을 내쉰 마티나가 지면에 발을 디뎠다. 본체로 돌아간 상태였기에 그 어마어마한 덩치만큼 주변 일대가 크게 흔들렸다.

평소라면 인간으로 폴리모프를 한 뒤에 휴식을 취하겠으나, 너무도 지쳐버린 상태이기에 빠른 회복을 위하여 본체를 유지하고 있는 것이다.

그녀가 숨을 고르는 모습을 잠시 바라보던 제튼이 가볍게 몸을 점검했다.

그 역시 지치기는 했지만, 처음 마티나의 본체를 상태하며 숨을 헐떡이던 당시에 비한다면, 지금은 그리 힘든 느낌까지는 아니었다.

충분히 발전이라 할 만한 성장을 한 것이다. 하지만 이 정도로는 만족할 수가 없었다.

뭐니뭐니 해도 상대는 그 천마가 아니던가. 수련을 한 단계 더 높여야 할 필요성을 느끼며, 이런저런 구상을 하고 있을 때였다.

휴식을 마친 것인지, 어느새 인간으로 변한 마티나가 다가오고 있었다.

"이제는 지친 기색도 별로 안 느껴지는군요."

그녀의 이야기에 제튼이 어색하니 웃어보였다. 마땅히 뭐라 대꾸해야 할지, 그럴싸한 말이 생각나지 않는 까닭이었다. 그런 그의 모습에 한 차례 쓴웃음을 베어 문 마티나가 슬쩍 물어왔다.

"그런데… 그 '힘'은 아예 사용하지 않을 생각이신가요?"

천마신공을 말하는 것이었다.

그의 내부에 잠재되어있는 기운에 대해 벨로아를 통해서 작게나마 얻어 들은 게 있었고, 그 때문에 궁금증이 일어날 수밖에 없었다.

드래곤을 상대로 본신의 능력 중 가장 큰 부분을 숨기고 있다는데, 어찌 호기심이 일지 않겠는가.

이전부터 뭔가를 숨기고 있다는 건 알았으나, 그게 '전부'라 할 만한 것이라면, 당연히 궁금하지 않을 수가 없었다.

물론, 자존심과 관련된 부분도 상당부분 있었다.

이러한 마티나의 내심을 짐작한 까닭에 제튼 역시도 쓰게 웃으며 입을 열었다.

"벨로아 어르신께 어디까지 들으셨는지는 모르겠지만… 지금까지 봐 오신 게 제 '전부' 입니다."

마티나의 양 미간 사이로 짙은 주름이 잡혔다. 이해 할수 없는 소리로 인한 여파였다. 혹여 자신을 얕잡아보는 것인가? 하는 일말의 의구심도 있었을 것이다.

하지만 애써 이런 부분을 드러내지 않으려는 듯, 급히 미간의 주름을 피는 게 보였다. 그러면서 또 다시 물어온다.

"로드께서 그 '천마' 라는 자의 능력을 설명하시길, 감히 전대 로드님과도 비견된다고 하셨습니다."

아니다! 그보다 더욱 위험하다고 전했었다. 하지만 그녀는 그 말을 믿기 어려워 이처럼 일부 축소시킨 것이다.

그도 그렇게 드래곤은 나이를 먹는 만큼 강대해지는 특징이 있었다. 그리고 전대 로드인 라바운트는 일족 최강이라 할 만한 존재였다.

헌데, 그런 존재가 감당할 수 없다? 당연히 받아들이기 어려운 이야기였다.

"그러면서 말씀하시기를 제튼님께서 지닌 모든 걸, '전부' 를 걸어도 승부를 내기 어렵다고도 말씀하셨습니다."

헌데, 어째서 '전부' 를 숨기려 하느냐고 묻는 것이다.

그런 마음 일면에는 자신에게는 '전부'를, 즉 천마신공을 내보일 가치도 없냐는 의문도 함께 담겨있었다.

이에 제튼이 나직한 한숨과 함께 고개를 저었다.

"후우… 재차 말씀드리지만, 이게 제 '전부' 입니다."

너무도 무거운 한숨소리와 진지한 눈빛 그리고 왠지 모르게 탁한 목소리에, 마티나도 더는 물을 수 없었다. 할 수 없다는 듯이 한 걸음 물러나는 그녀에게 짧게 인사를 한 뒤, 제튼이 발길을 돌렸다.

더 있어봤자 불편한 상황만 이어질 거라고 여겨, 바삐 자리를 뜨려는 것이었다. 이런 그의 의도를 알기에 마티나도 굳이 그를 붙잡지는 않았다.

아니, 잡을 수가 없었다.

[마티이나아아아…….]

저 멀리 소름끼치는 음성이 하나가 아련하니 날아들고 있던 까닭이었다.

"끄응…."

와락 표정을 구긴 그녀가 바삐 신형을 돌려세웠다.

"그럼, 이만."

채 말을 끝내기도 전에 후다닥 사라지는 그녀의 모습에, 슬쩍 뒤를 돌아보던 제튼이 고개를 절레절레 저으며 전방을 바라봤다.

익숙한 인영 하나가 다가들고 있었다.

"어디로 갔습니까?"

거리가 가까워지기가 무섭게 외쳐대는 사내, 크라이온의 모습에 제튼이 재차 고개를 흔들면서 슬쩍 엄지를 뒤로 보냈다.

"나중에 봅시다!"

그 말과 동시에 엄지가 향한 곳, 마티나가 사라진 방향으로 바람처럼 날아가는 크라이온의 모습에, 제튼이 가볍게 실소했다.

그로써도 놀랄 정도의 속력으로 날아가는 크라이온의 모습 때문이었는데, 애정문제를 해결하고자 발바닥에 땀 나도록 뛴 덕분일까?

'제법, 늘었네.'

크라이온의 실력이 한 걸음 더 나아간 것이었다. 물론, 그 성장이라는 게 달음박질에 집중되어 있다는 게 문제이기는 했으나, 하나의 월등한 발전이 다른 부분에도 이런저런 작용을 하고 있을 거라는 걸 생각해 본다면, 전체적으로 충분히 성장했다고 할 수 있을 터였다.

특히, 그 중 하나가 바로 감각에 대한 부분이었는데, 마티나는 크라이온을 경계해서, 아루낙 마을과 어마어마한 거리를 둔 채 수련장을 마련하고, 대련을 시작했었다. 하지만 크라이온은 용케도 그 거기를 넘어서 그들이 있는 장소을 찾아낸 것이다. 감각이 발달되었다는 증거였다.

"고생해라."

저 멀리 크라이온이 사라진 방향을 향해 짧게 한마디를 던진 제튼이 슬쩍 시선을 들어 하늘로 올려 보냈다.

맑은 창공 너머로 어둠이 드리우고 있었다.

문득, 메리의 얼굴이 떠올랐다.

저 어둠이 짙어지는 만큼 고생이 깊어질 것이라는 걸 알기에, 자꾸만 딸아이의 얼굴이 아른거렸다.

'잘 하고 있겠지….'

…잘 할 수 있겠지!

그나마 다행이라면 케빈이 함께하고 있다는 점이었다. 애써 가슴을 달래며 걸음을 옮겨갔다.

◆

오랜 세월을 이어오며 쌓인 역사적 가치와 곳곳에서 피어나는 성스러운 기운으로 인해, 성국의 수도 '라-하게른'은 제국의 수도 크라베스카 못지않게 그 예술적인 가치가 높았다.

분명, 그렇다고 배웠다.

"영… 아니네."

메리는 라-하게른의 풍경을 보며 아카데미에서 배운 것과 다르다고 여겼다.

그리고 그 이유 역시도 짐작하고 있었는데, 이는 그녀가 성녀이기에 알 수 있는 부분이었다.

"루이나르 대신관님의 말씀이 맞았어."

성국은 크게 변질되어 있었다.

그녀가 배운 것처럼 '오랜 역사'와 '성력'이 가미되어 완성된 건축물이 수도 라-하게른이었다. 하지만 여기서 성력이라는 요소가 빠지면 어떻게 될까?

당연히 그 완성도가 떨어지게 되는 것이다.

물론, 역사로써 이뤄진 라-하게른 역시 뛰어난 건축물인 건 확실했다. 하지만 그것만으로는 제국의 수도 크라베스카에 견주기에는 부족함이 있었다.

사실 성국의 수도에 성력이 존재하지 않을 수는 없었다. 단지, 그 성력의 양과 향이 너무도 적고 옅다는 게 문제였다.

게다가 이곳이 과연 성국의 심장부가 맞나 의심이 들 정도로 수도의 공기는 어지러웠다. 기이한 욕망의 그림자가 수도 곳곳에 어둠을 그린 채 탁한 악취를 내뿜고 있는 것이다.

신의 은총!

축복의 날과 그녀가 세상에 몸을 드러내던 날, 두 번에 걸쳐서 내렸던 그 신성한 빛의 기둥이 또다시 쏟아지지 않는 한, 라-하게른을 뒤덮은 악취는 걷어내기가 힘들 터였다.

그런 만큼 다시금 은총의 빛을 기대하고 있었으나, 성국에 도착하고 난 뒤, 오히려 그녀의 성력은 크게 감퇴되어 그 흔적만 드러내고 있을 뿐이었다.

실로 난감한 상황이었다.

그나마 다행이라면 그녀에게 허락된 은총이 워낙 거대해서, 그 일부의 흔적일지언정 성녀의 자격을 내보이기에는 충분하다는 점이었다.

이런 이유로 인해, 라−하게른에서는 제국 수도에서와 같은 경배의 물결은 이어지지 않았다.

"어쩔 수 없나."

그녀는 이 모든 상황이 일종의 시험이라는 걸 알고 있었다. 그래서 더욱 걱정스런 마음을 감추기가 어려운 것인지도 몰랐다.

라−하게른을 돌아보던 그녀의 시선이 저 한편에 세워진 거대 건축물로 향했다.

'오빠…'

그녀의 시선이 닿은 곳은 성기사들의 연무장인 '데라시움'으로써, 케빈이 현재 머물고 있는 공간이었다.

"걱정되십니까?"

문득 들려온 음성에 고개가 돌아갔다. 어느새 다가온 것인지 이단 심판관 나일이 곁에 모습을 드러내고 있었다.

그는 정식으로 교황에게 신청해, 심판관의 자격을 내려

놓고 메리의 비밀 호위로 옮긴 상태였다. 평소에는 몸을 숨기고 있었으나, 그녀의 표정이 자꾸 어두워지는 걸 보고는 할 수 없이 몸을 드러낸 것이다.

"너무 걱정하지 마십시오. 케빈 공께서는 훌륭히 제 역할을 다 하실 것입니다."

"…그렇겠죠. 그래도… 걱정이 되는 건 어쩔 수가 없네요."

게다가 이미 케빈의 실력을 알고 있기도 했다. 하지만 오라비이기에 염려하는 마음을 감추기가 어려웠다.

"성녀님, 신학공부 시간입니다."

그들 사이의 침묵이 길어질 무렵, 문 밖에서 가녀린 음성 하나가 날아들었다.

"으음…."

절로 구겨지는 메리의 표정에 나일이 쓰게 웃었다. 이미 루이나르에게 많은 공부를 배운 상태였고, 성국의 고위 인사들도 이 같은 사실을 알고 있었다.

하지만 그들은 굳이 신학공부라는 틀을 세워 그녀를 가두고자 했다.

'교황의 수작이겠지.'

대략적인 그림은 그려졌다. 메리의 활동을 최대한 제재하려는 조치일 것이다. 나일의 시선이 메리에게서 벗어나, 그녀가 바라보던 곳으로 향했다.

'케빈 공….'

이 답답한 상황을 해결하기 위해서라도 케빈의 역할이 중요했다.

잠시 그곳을 응시하던 나일의 신형이 신기루마냥 흩어졌다. 방문이 열리는 소리를 들은 까닭이었다.

그림자 호위를 자청한 이상, 성녀 외에는 그의 모습을 드러낼 생각이 없었다.

◈

성기사라는 존재를 떠올리면, 우선 그 어느 기사들보다 정의롭고 성실하며 또한 신실하며 진실할 것이라고 여기고는 했다.

'그럴 리가….'

일찍이 어린 나이에 세상의 냉혹함을 경험했던 케빈이기에, 저들 성기사라고 해도 보통 사람들과 크게 다를 게 없다는 걸 알고 있었다.

신관들도 다를 게 없었건만, 하물며 성기사라고 해서 무엇이 다르겠는가.

'오히려 더 심할 수도 있다고 하셨었지.'

이곳으로 오기 전, 루이나르 대신관에게 들었던 이야기들이 떠올랐다.

'교황이라…'

현재, 그는 성기사들이 수련을 하는 장소에 있었는데, 그가 성녀의 오라비이고 그 역시 기사의 공부를 배우고 있었기에, 성기사로써의 자질을 시험한다며, 이곳 젊은 성기사들의 수련장인 데라시움에 자리를 허락한 것이었다.

이 부분에서 이미 교황이 벌인 일이라는 걸 어렴풋이나마 짐작할 수 있었다.

그도 그럴 게 아직 학생은 그의 위치를 생각한다면, 이곳 데라시움이 아닌 성기사 양성기관인 '에페룸'에 들여야 했다.

헌데, 정식 기사들이 수련을 하는 데라시움에 넣었다?

누가 봐도 기이하게 여길 상황이었다.

케빈의 본 실력을 알고서 이 같은 일을 벌였다고 보기도 어려웠다.

'드러낸 적이 없으니까.'

그저 아카데미의 학생들이 알고 있는 정도의 실력일 뿐이었다. 물론, 그것만으로도 기사 자격을 받기에 부족함이 없기는 했다. 하지만 그렇다고 해서 이처럼 바로 데라시움에 드는 건 아무리 생각해도 이상스런 일이었다.

그리고 이 때문에 성기사들이 그를 보는 눈초리가 더욱 곱지 않았다.

기본적인 실력이 있다 하더라도 에페룸에서 최소한의 교육일정은 마쳐야 한다는 게 그들의 생각이었기 때문이다.

아마도 이 같은 모든 상황들을 계산하여 케빈을 이곳에 집어넣었을 것으로 여겨졌다.

몇 차례 이어지는 반박의 외침도 '성녀의 오라비'라는 명분으로 억눌렀을 것이다. 이는 성녀에 대한 지지도를 깎아내는 역할도 했을 게 분명했다.

그와 같은 이유들 때문일까?

이곳에 머무른 건 그리 길지 않았으나, 케빈은 성기사들의 눈빛이 곱지 않다는 걸 단번에 알았다.

물론, 전부가 이 같은 태도를 보이는 건 아니었다. 그래도 성녀의 오라비라는 위치가 제법 들어 먹히는 듯, 나름대로 그에 짧게나마 말을 걸어오는 이들도 있었다.

하지만 그것도 초반 이틀을 넘지 못했다.

몇몇 기세가 드세 보이는 이들이 의도적으로 데라시움의 분위기를 조장하며, 케빈과의 접근을 제한하며 그를 고립시키려 한 것이다.

또한, 수시로 케빈을 향해 시비조의 눈빛 혹은 기세를 보내며 감각을 자극해오기도 했다. 또한, 대련을 하며 검이라도 나눌라치면, 위협적인 검격들을 뿌리기 일쑤였다.

이렇게 꾸준한 괴롭힘이 이어졌으나, 케빈은 크게 신경

쓰지 않았다. 아직은 참을만하다 여긴 것이다.

게다가 이들의 뒤에 교황파의 무리가 있다면, 더더욱 행동 하나하나를 조심히 해야 했다. 이런저런 이유로 그들의 도발을 침착히 받아넘겨왔다.

당연히 이런 그의 반응에 분위기를 조장하던 이들의 태도는 하루가 다르게 수위가 높아져만 갔고, 결국 그들은 넘지 말아야 할선까지 넘게 된다.

"그런데 말만 성녀지, 듣기로는 성력도 별로라던데."

"맞아. 대신관님들 보다 조금 나은 수준이라더라."

"흠흠! 뭐, 생긴 건 성녀라고 불릴 정도는 되지만, 그렇게 따지면 얼굴 말고는 볼 것도 없다는 소리잖아."

"왜? 가슴도 좋던데."

마지막 발언이 결정적이었다.

빠악!

어느새 몸이 움직이고 있었다. 그들과는 10여미르 정도의 거리가 존재했으나, 경지에 오른 케빈의 실력은 그 정도는 충분히 무시할 수 있었다.

"허억!"

"이… 무슨?"

경악성을 터트리는 그들을 향해 케빈의 연격이 이어졌다.

파바박!

그야말로 폭풍과도 같은 연타가 지나가고, 순식간에 네 명의 젊은 성기사들이 바닥을 뒹굴었다.

"무슨 짓이냐!"

데라시움의 젊은 성기사들 중 가장 뛰어난 실력자인 '베스턴 틸라'가 버럭 성을 내며 앞으로 나서는 게 보였다.

그를 확인하는 순간, 케빈의 눈가에 싸늘한 안광이 떠올랐다.

앞서 네 명의 사내도 결국에는 베스턴의 수족이라는 걸 알기 때문이었다. 이곳 데라시움의 분위기를 실제로 조장하는 존재이기도 했다.

"와라."

케빈이 그 말과 함께 손을 앞뒤로 까딱였다. 실로 무례하다 할 수 있는 그의 태도에, 베스턴을 비롯하여 다른 성기사들 역시도 발끈한 표정을 지어보였다.

그도 그렇게 젊은 성기사들의 수련장이라고는 하나, 이들 중 30대를 넘지 않은 이가 몇 없는 까닭이었다.

그나마 가장 젊은 기사도 20대 후반은 되었다. 이제 겨우 20대에 든 케빈의 건방진 태도는 데라시움의 성기사 모두를 자극하기에 충분했다.

"맘에 안 드나? 너희가 원했던 게 이런 거였던 것 같은데."

그러면서 재차 손짓을 한다.

이에 베스턴을 비롯한 일부 성기사들이 은연중에 시선을 나눴다. 교황파의 지시를 받은 이들끼리 눈빛으로 의견을 나누는 것이었다.

케빈의 저 무례한 태도와 발언이라면, 충분히 이를 문제삼아서 성녀를 압박하고, 신녀회의 목소리 역시 줄일 수있었다.

이미 충분한 그림이 그려진 것이다. 여기서 괜히 손을써서 케빈을 다치게 한다?

건방진 태도에 분노가 일었으나, 성녀의 오라비라는 케빈의 위치와 상황을 이용해야 한다는 마음이 한 가닥 이성을 붙잡고 있었다. 그들은 일제히 '참는다'라는 의미로 시선을 나누며 고개를 저어 보였다.

그 순간,

케빈이 움직였다.

"안 오나?"

저들과 달리, 케빈은 이미 이성을 던져버린 까닭이었다.

빠악!

벼락처럼 달려온 케빈의 일권이 가장 가까운 곳의 성기사의 턱을 쳐 올렸다.

"그럼, 내가 가지."

빠바박!

연달아 터져 나오는 짜릿한 타격소리와 함께, 젊은 성기사들이 약속이나 한 듯 허공으로 튀어 오르기 시작했다.

이 순간 베스턴을 비롯한 교황파의 인물들은 마지막 이성의 끈을 잘라냈다.

"잡아!"

버럭 외치는 베스턴의 일갈과 젊은 성기사들이 약속이나 한 듯 몸을 던졌다. 그 선두에는 에스턴과 시선을 나누던 이들이 있었는데, 이들 대부분이 데라시움의 상위 기사들이었다.

이런 상위 기사들의 앞장에 다른 기사들도 호응하듯 몸을 던져갔다.

갑작스럽게 펼쳐진 전투였으나, 마치 약속이나 한 듯 데라시움의 기사들은 합을 맞춰가며 케빈을 압박하려 들었다.

하지만 그들이 채 호흡을 단결하기도 전에 케빈의 주먹과 발이 무자비하게 뻗어나가며, 합의 흐름을 끊어나갔다.

"커헉… 컥!"

"꺼허어억…."

제대로 숨을 쉬기도 어려운 듯, 하나 같이 목을 부여잡고 가슴을 두드리며 바닥을 구르는데, 그 모습이 베스턴으로 하여금 전율을 느끼게 만들었다.

'강자!'

분명, 익스퍼트 초급은 될 것이라고 들었다. 하지만 지

금 비쳐지는 모습은 그 이상이라는 걸 충분히 짐작케 했
다.

케빈의 손에 쓰러지는 이들 중에서 익스퍼트 초급을 넘
지 않은 이가 한명도 없었으니, 어찌 초급 정도로 여기겠
는가.

'중급?'

어쩌면 그 이상일지도 모른다는 생각이 들었다. 자연스
레 닭살이 돋았다. 이곳 데라시움을 대표한다는 베스턴 역
시도 이제 겨우 중급의 문턱에 오르지 않았던가.

'맙소사….'

이제야 그들이 잠자는 드래곤의 코털을 건드렸다는 걸
깨달았다.

갈등이 일었다. 자꾸만 옆구리로 손이 간다.

그들은 성기사다. 즉 기사인 것이다. 맨손으로 하는 박
투술도 제법 할 줄은 아나, 아무래도 검을 든 것보다는 못
했다.

하지만 여기서 병장기를 빼어든다면, 케빈을 빌미로 성
녀와 신녀회를 엮어내려는 계획이 무너지게 된다. 아니,
오히려 그들이 역으로 화를 입을 수도 있었다.

잠시간 망설임이 이어지는 와중에도 케빈의 손은 바삐
움직였고, 기사들은 빠르게 무너져 내리고 있었다. 어느새
스물에 달하는 이들이 당한 상태였다.

베스턴의 눈이 불을 뿜었다.

차앙!

위에서 내려온 명령도 중요하다 여겼다. 하지만 그들이 지닌 기사로써의 자존심 역시 무시할 수 없었다.

때문에 결국 검을 뽑아들었다.

우우우웅…

검신을 타고 흐르는 선명한 광채, 오러까지 피워냈다. 당연히 그 기세를 데라시움의 모든 기사들도 알아챘고, 자연히 전투는 소강상태로 빠져들었다.

빠악!

"커허억!"

하지만 그건 그들에게나 해당하는 이야기였던 듯, 케빈은 주저 없이 멈춰선 이들을 향해 주먹을 뻗고 있었다.

이 모습에 성기사들이 더욱 분노하며 케빈을 노려보는데, 이에 대한 케빈의 답변은 간단했다.

"전투 중이다."

-그러니 한눈을 판 너희가 잘못이다.

말을 하는 와중에도 케빈은 손발을 바삐 놀리고 있었다. 그리고 이런 케빈의 대답과 기세에 자극을 받은 것일까?

웅. 우웅… 우우우웅…

일제히 검을 뽑더니, 오러를 피워내기 시작했다. 자연스레 데라시움의 분위기가 한층 험해졌다.

돌연 데라시움의 입구에서 성난 외침이 터져 나왔다.

"무슨 짓들이냐!"

한 눈에 봐도 사나워 보이는 중년사내였는데, 그는 성국 뿐만 아니라 대륙적으로도 이름이 자자한 '바라난 기사단'의 단장인 '아사란 파반'이었다.

그와 그의 기사단은 이곳 데라시움의 관리자이기에, 금세 내부의 소동을 알아채고 찾아 온 것이다.

물론, 거기에는 젊은 기사들이 내뿜는 오러의 영향이 컸다. 그렇지 않고 순수하게 육체적 전투만을 벌였더라면, 외부에서 대기 중인 아사란으로써는 알아채기가 어려웠을 터였다.

이런 그의 등장에 케빈이 눈을 번뜩이며 노려봤다. 베스턴을 비롯한 젊은 기사들이 그를 핍박할 수 있었던 것도, 결국 아사란의 묵인이 있었기에 가능한 일이었다.

말인 즉, 아사란 역시 교황파와 관련이 있다는 의미였다. 간혹 마주치는 바라난 기사단의 싸늘한 눈빛들을 떠올려 본다면, 그들까지도 확장해서 생각해 볼 필요성이 있었다.

"감히, 신성한 연무장에서 이 무슨…"

쿠웅!

사납게 성을 내는 아사란의 외침은 채 이어지지 못했다.

일순, 연무장의 공기가 묵직하게 변하며 어깨를 억세게 짓누를 까닭이었다.

"허억!"

깜짝 놀라며 휘청이는 무릎이 힘을 주면서 몸을 바로 세우는데, 그 순간 케빈이 움직였다.

빠바바박!

"커헉!"

"이 미친 새… 꺽!"

다시금 데라시움의 젊은 기사들을 때려눕히기 시작한 것이다. 설마하니 연무장 관리자인 아사란이 보는 앞에서 주먹을 휘두를 줄이야. 생각지도 못한 상황에 곳곳에서 경악성이 터져 나왔다. 욕짓거리를 내뱉는 이들도 있었다.

"멈추지 못할까!"

자존심이 바싹 상한 아사란이 사납게 일갈하며 신형을 띄웠다. 순식간에 케빈이 있는 곳까지 다다른 그가, 위에서부터 아래로 매섭게 주먹을 내리쳤다.

그 순간 케빈의 오른발이 수직으로 솟구쳤다.

쩌걱!

절묘하게 떨어지는 주먹을 비껴낸 케빈의 발꿈치가 아사란의 가슴을 정면으로 찍어 올렸고, 뼈가 어긋나는 소리와 함께 아사란의 신형이 무너져 내렸다.

"꺼흐… 어헉…"

그 일격에 정신을 잃지는 않았으나, 갈비뼈가 왕창 박살이 난 듯, 아사란이 호흡을 제대로 잇지 못하는 모습으로 바닥을 기었다.

머엉……

데라시움에 선 기사들은 하나같이 말문을 잇지 못했다. 아니, 숨도 제대로 쉬기가 어려울 정도였다.

아사란이 누구인가. 성국을 대표하는 10대 기사단 중 하나인 바라난 기사단의 단장이며, 동시에 그 스스로도 무려 익스퍼트 끝자락에 닿아있는 실력자이기도 했다.

그런 실력자가 단 일격에 무너진 것이다.

'…어떻게?'

도저히 믿을 수 없는 상황이었다. 묵직한 정적이 데라시움을 휘감았다.

문득, 케빈의 손이 들리는가 싶더니 네 방향으로 한 번씩 뻗는 게 보였다.

끼이이익…

답답한 침묵 사이로 기이한 소성이 끼어들었다. 뭔가 싶어서 바라보니, 사방 네 군데 연결되어 있는 연무장의 문이 일제히 닫히고 있었다.

왜? 어째서? 갑자기 문이 닫혔을까? 의문과 동시에 케빈의 손짓이 떠올랐다. 그가 만든 상황이라는 걸 깨달았다.

꿀꺽…

하나같이 마른침을 꿀꺽 삼키고 있을 때, 케빈이 입을
열었다.

"너희는 죄를 지었다."

그러며 하나하나 시선을 맞춘다.

"입을 함부로 놀린 죄!"

응징의 시간이었다.

〈12권에서 계속〉